ESCAPE BOOK TEENS

LE ROYAUME D'ALFAR

Valérie Cluzel

LAROUSSE

Direction de la publication : Carine Girac-Marinier
Édition : Eléna Chryssos
Direction artistique : Uli Meindl
Mise en pages : SKGD-Création
Fabrication : Marlène Delbeken

Illustrations : © Shutterstock.com

ISBN : 978-2-03-599691-6
Conforme à la loi n° 49956 du 16 juillet 1949
sur les publications destinées à la jeunesse.

Sommaire

Bienvenue au royaume d'Alfar !

Dans ce livre, tu incarneras une jeune elfe prête à tout pour sauver son royaume des ténèbres qui commencent à l'envahir. Tu devras t'entraîner vaillamment avant de partir en mission avec l'armée elfique, et rejoindre le sombre royaume de Mormegil. Là-bas se cache Elbereth, une elfe noire qui n'a qu'une idée en tête : se venger.

Ton chemin sera semé d'embûches et il te faudra résoudre une cinquantaine d'énigmes pour arriver à destination et vaincre Elbereth.

Ce livre se lit comme un roman, mais tu devras résoudre les énigmes qui vous feront obstacles afin de poursuivre ta lecture.

Bon courage !
Le royaume d'Alfar compte sur toi...

Chapitre 1

La Forêt aux cinq arbres

Tu es une jeune elfe prénommée Elenwël. Tu vis au royaume d'Alfar, tout près du château du roi Anario et de la reine Celebrian, avec tes parents. Tu passes la plupart de tes journées à les aider dans leur magasin de fleurs. Ils en font pousser dans le jardin derrière votre chaumière et les vendent aux elfes de tout le royaume. Les fleurs ont de multiples utilités et permettent de fabriquer des remèdes, des potions, ou simplement de décorer les maisons des elfes. Depuis que tu as quitté l'école elfique il y a quelques années, tu es en charge des graines et des bourgeons dans l'entreprise familiale. Tu adores voir les tiges sortir de leur cocon, puis grandir jusqu'à devenir de magnifiques fleurs. Ton rôle est déterminant, puisque tu veilles à ce que chaque petit plant ne manque de rien, jusqu'au moment où il sera assez vaillant pour être planté directement en terre.

Tu aimais beaucoup ce travail au début, mais les années passent et tu commences à t'ennuyer. Tu aspires à une vie différente, plus trépidante, voire même dangereuse. C'est le genre de choses que tes parents ne comprennent pas. Pour eux, comme pour la plupart des elfes, l'important est de vivre en paix, de savoir apprécier les belles choses et de savoir s'en contenter. Ton ami Aldaron est très friand de cet état d'esprit. Il fait aujourd'hui partie des nombreux gardiens de la Forêt aux cinq arbres et n'a rien d'autre à faire que de se balader dans la forêt toute la journée.

Contrairement à ce que l'on pourrait penser, la Forêt aux cinq arbres est gigantesque. On y trouve cinq variétés d'arbres, dont une tellement rare qu'elle est quasiment inexistante. Ce lieu sacré prend une place toute particulière dans le royaume d'Alfar. Chaque arbre de la forêt est lié à un elfe du royaume. C'est vers l'âge de sept ans que les pouvoirs des elfes se déclarent et que vous vous liez à votre arbre. C'est une expérience incroyable. Tu te souviens encore du jour où tu as trouvé ton arbre. Durant ton enfance, tu te baladais souvent dans la forêt,

de plus en plus loin, sans rien sentir de particulier. Un jour, alors que tu avais déjà dix ans, une sensation de chaleur a envahi ton corps. Tu étais arrivée au plus profond de la forêt, là où se trouvent les arbres de la variété la moins commune, au tronc bleu et aux feuilles violettes. Tu as ainsi obtenu le pouvoir de la nuit.

Tes parents ont eu l'air effrayé quand tu leur as annoncé la couleur de ton arbre, mais ne t'ont jamais révélé la raison de leur réaction. Ta mère, Luinil, et ton père, Calimehtar, possèdent tous deux le pouvoir de la lumière. C'est grâce à cela qu'ils peuvent faire pousser les plus belles fleurs du royaume. Le pouvoir de la nuit est un peu son opposé, ce qui pourrait expliquer leur angoisse. Quoi qu'il en soit, leur faible connaissance de ton pouvoir les a poussés à en parler à la Première conseillère du royaume, Manithil, la seule autre elfe à posséder ce pouvoir dans le royaume d'Alfar.

Depuis lors, elle t'apprend à maîtriser le pouvoir de la nuit. Tu es désormais capable de voir dans le noir comme en plein jour, ou encore de faire chuter la température autour de toi. Rien de bien exceptionnel pour le moment, mais tu sais que la conseillère Manithil te cache encore bien des choses.

À ton réveil ce matin, tes parents te demandent de l'aide pour préparer une grosse commande de fleurs. Elle vient du roi et de la reine d'Alfar en personne. Ils ont convoqué les seigneurs elfes de chaque comté à une grande réunion qui aura lieu demain soir, et aimeraient que la salle soit décorée de vos plus belles fleurs afin d'apaiser les esprits de tous. Tu fais remarquer à tes parents que c'est une étrange requête. Pourquoi les esprits des elfes auraient-ils besoin d'être apaisés ? Tout le royaume est gouverné de sorte que chacun s'y sente bien. Mais tes parents, sans prendre le temps de te répondre, te demandent de confectionner des guirlandes de fleurs pour tous les convives. Tu ferais mieux de t'y mettre tout de suite !

ÉNIGME N° 1

Trouve la fleur manquante à chaque couronne pour terminer la commande au plus vite.

À la fin de la journée, tu as mal aux doigts à force de tresser des couronnes. Heureusement, tu as enfin terminé cette fastidieuse mission. Tu pars en direction de la Forêt aux cinq arbres pour y retrouver ton ami Aldaron.

Lorsque tu l'aperçois, Aldaron est confortablement installé sur une branche d'arbre, tout près du chemin qui mène à ta chaumière. Visiblement, il t'attendait ! Tu le rejoins. Tandis que tu lui racontes ta journée, il fait pousser une couronne de fleurs dans tes cheveux. Tu n'en reviens pas : il lui aura fallu à peine quelques secondes pour en fabriquer une grâce à son pouvoir lumineux alors que, toi, tu as peiné toute la journée ! Le pouvoir de la nuit paraît bien inutile à côté de celui d'Aldaron. Ton ami remarque ta tristesse et essaie de te changer les idées en te parlant de l'événement organisé par le roi Anario et la reine Celebrian.

— Il y aura la Première conseillère, Manithil. Tu vas la voir, ce soir ? Elle sait sûrement de quoi le roi et la reine veulent parler. D'ailleurs, j'ai appris aujourd'hui ce que signifiait Manithil !

ÉNIGME N° 2

Décode la phrase pour comprendre la signification du nom de la Première conseillère.

Manithil

ƨɑuϱmɑϱʌ

dh udƨ hʌɑlϱpɣh
ɑɥϱɑuuϱɑlϱh
« hɑɥ˜hnϱm dh
ʌɣ̃uh »

C	D	E	F	G	I	L	M
đ	d	h	ɑl	ɑu	ϱ	ʌ	ƨ
N	O	P	Q	R	S	T	U
u	ꝺ	˜	ꝑ	hn	ɑɥ	m	ɣ̃

Tu trouves que le sens de ce nom convient bien à Manithil. Aldaron et toi discutez encore un bon moment, puis il te propose de rejoindre son arbre qui, comme tous ceux liés au pouvoir de la lumière, est entouré de nombreuses fleurs. Ses feuilles dorées reflètent les rayons du soleil tout autour de son tronc vert. Tout en marchant aux côtés d'Aldaron, tu observes les arbres qui vous entourent et tu poses beaucoup de questions au jeune elfe, qui les connaît mieux que quiconque.

ÉNIGME N° 3

En te servant de tes propres connaissances et des indications d'Aldaron, relie chaque arbre à son pouvoir.

- Les arbres du brasier n'ont pas de tronc gris.
- Les arbres du souffle n'ont pas de feuilles rouges.
- Les arbres de pluie n'ont pas de tronc noir ni de feuilles grises.

Pouvoir du souffle

Pouvoir de la pluie

Pouvoir du brasier

Pouvoir de la lumière

Pouvoir de la nuit

Arrivée au pied de l'arbre d'Aldaron, tu as le souffle coupé : des milliers de fleurs l'entourent. Seul un petit chemin d'accès a été laissé libre. Tu félicites ton ami. Il a de quoi être fier. À l'inverse, tu te dis qu'aucune fleur n'a jamais poussé près de ton arbre, la terre y étant trop froide. Tu te rassures en te disant que ton arbre se trouve dans une partie de la forêt où les elfes ne vont jamais.

Aldaron se penche pour cueillir une belle fleur rouge à six pétales, qu'il te tend.

—Elle m'a tout de suite fait penser à Athelleen ! Pourras-tu la lui remettre de ma part ? Je suis de garde dans la forêt, cette nuit.

Alors qu'il te tend la fleur, tu t'aperçois qu'il rougit. Tu acceptes de bon cœur cette commission avant de quitter ton ami pour honorer ton rendez-vous avec la Première conseillère.

Sur le chemin du retour, alors que tu marches pieds nus sur les feuilles mortes, un frisson te parcourt des pieds à la tête. Sentant une présence derrière toi, tu te retournes d'un coup sec.

ÉNIGME N° 4

Observe attentivement ces deux images et trouve les cinq différences qui s'y sont glissées.

Tu es certaine d'avoir vu des ombres cachées derrière les arbres. De nouveau seule, tu continues à avoir des frissons.

Arrivée au palais royal, tu rejoins directement les appartements de la Première conseillère. Elle est assise à son bureau, en train de lire une lettre, qu'elle cache dans un livre en te voyant arriver.

— Elenwël, enfin ! Je t'attendais.

— Excusez-moi du retard, Dame Manithil. J'ai vu quelque chose de très étrange en venant. Des sortes de silhouettes, ou plutôt des ombres...

La Première conseillère a du mal à cacher sa gêne. Elle change vite de sujet, ce qui ne te rassure pas vraiment.

— Je suis sûre que ce n'était rien. Mais c'est une bonne introduction à notre discussion. Le pouvoir de la nuit est la plupart du temps en sommeil. Mais lorsqu'on est angoissée ou en colère, il peut prendre beaucoup d'ampleur. J'aimerais te montrer comment calmer ton esprit en cas de trouble. Bois cette potion.

Tu avales une gorgée de la fiole qu'elle te tend, puis tu fermes les yeux pour te concentrer.

ÉNIGME N° 5

Barre toutes les lettres qui apparaissent en double, puis remets les lettres restantes dans l'ordre pour ne garder qu'une seule pensée.

Tu fermes les yeux et fais le vide dans ton esprit. Au bout de longues minutes, tu te vois en train de te déplacer dans un ciel étoilé. Tu t'y sens bien, comme si ta place avait toujours été là. Mais les étoiles se mettent soudain à disparaître les unes après les autres, laissant le ciel tout à fait noir. Tu aperçois alors une femme. Elle est tout de noir vêtue et se confond presque avec le paysage sombre. Une fois à ta portée, elle te lance un sourire cruel. La femme te regarde de haut, puis te dit finalement :

— Rejoins-moi Elenwël. Je sais qui tu es... désormais.

La vision disparaît d'un coup. La conseillère est en train de te secouer.

— Qu'as-tu vu ? demande-t-elle d'un air inquiet.

Ton esprit est embrouillé. Manithil pose à nouveau sa question, en serrant tes bras un peu plus fort. Tu parviens à te concentrer suffisamment pour lui répondre que tu as vu une femme vêtue de noir, aux yeux argentés. L'elfe te lâche, mais elle semble toujours aussi inquiète. Elle te propose un exercice de concentration pour te remettre de ta vision.

ÉNIGME N° 6

Noircis 11 cases de ce tableau. Les chiffres en haut et à gauche précisent le nombre de cases à colorier sur chaque ligne et chaque colonne. Deux cases noircies ne peuvent pas se toucher, même en diagonale, et la case barrée ne peut pas être coloriée.

	2	1	2	0	3	0	3
1							
2					X		
0							
4							
0							
4							

Juste avant que tu partes, la Première conseillère te chuchote à mi-voix :

— Ce sont tes parents qui sont chargés de décorer la salle pour la réunion de demain, n'est-ce pas ? J'espère que nous nous y verrons. Rentre bien.

Le soir, tu n'oses pas parler à tes parents des ombres dans la forêt ni de la femme en noir, mais tu leur proposes ton aide pour décorer la salle pour la réunion. Ta mère paraît soulagée.

— Oh, Elenwël, nous nous demandions justement comment faire en si peu de temps... Dame Manithil vient de nous envoyer un message. Elle aimerait que l'un de nous soit présent pour distribuer les couronnes, mais le rassemblement annuel des elfes du souffle est pour bientôt et nous avons tellement à faire...

— Ne vous en faites pas, c'est un plaisir de vous aider ! réponds-tu en souriant.

En allant te coucher, tu te demandes si tout cela n'est pas un coup monté de Manithil pour que tu assistes à cette réunion. La femme de ta vision revient dans ton esprit. Tu te relèves pour feuilleter ton unique livre sur le pouvoir de la nuit. Peut-être que tu pourrais y trouver des réponses ?

ÉNIGME N° 7

*Observe attentivement cette page.
Peut-être as-tu manqué une information
au sujet de ton pouvoir ?*

Le pouvoir de la nuit est le plus rare dans le royaume d'Alfar, mais cela n'a pas toujours été le cas. Il offre à son porteur la connaissance des étoiles, la vision nocturne, voire pour ceux qui le maîtrisent le mieux, la vision de ce qu'il se passe au même moment dans un endroit aussi éloigné que les confins du monde.

Ce pouvoir a longtemps été détenu par les rois et les reines d'Alfar. Il leur permettait d'observer ce qu'il se passait dans les royaumes voisins afin de mieux les comprendre et de favoriser la paix entre.

Le pouvoir de la nuit a longtemps été appelé « pouvoir glacé », car il permet aussi de créer des cristaux et de changer leur apparence.

Le pouvoir de la nuit est celui des elfes noirs.

Le lendemain matin, tu décides d'aller voir ton amie Athelleen, à qui tu as oublié de remettre la fleur d'Aldaron. Athelleen est une elfe du brasier. Les porteurs de ce pouvoir sont connus pour leur fort tempérament.

— Elenwël, comme je suis contente de te voir ! s'exclame-t-elle en te voyant arriver. Une fleur pour moi ? Ah, cet Aldaron ! Il faudrait qu'il sorte un peu de sa forêt, qu'il se confronte au vrai monde !

Sans attendre de réponse, elle te parle de la réunion de ce soir en prenant un air malicieux.

— Je ne crois pas que n'importe qui puisse y entrer. Tu n'as pas besoin d'aide, par hasard ?

Tu ne vois aucun inconvénient à ce qu'elle t'accompagne. Au contraire, tu te sentiras moins seule. C'est donc ensemble que vous vous rendez à la réunion le soir même. Juste avant d'entrer, tu vois que le garde demande un mot de passe différent à chaque elfe. Tes parents ont oublié de mentionner ce détail...

ÉNIGME N° 8

Aide-toi des réponses des elfes passés avant toi pour trouver le mot de passe adéquat.

Lorsque le garde dit « 78 », le premier seigneur elfe répond « 67 ». Le second seigneur elfe donne le mot de passe « 40 » après que le garde lui ait dit « 51 ». Le garde s'adresse au seigneur elfe juste devant vous en disant « 29 », ce à quoi il répond « 18 ».

Athelleen pense avoir compris et te tire vers l'entrée. En vous voyant, le garde s'exclame : « 33 ! ». Athelleen répond immédiatement « 32 ! », mais le garde refuse de vous laisser passer. Trouve vite la bonne réponse !

Chapitre 2

L'armée elfique

Le garde vous laisse entrer dans la salle. Tu remets des couronnes de fleurs aux elfes déjà installés, puis vous vous placez à l'entrée pour continuer la distribution. Athelleen te fait un commentaire sur chaque elfe qui passe la porte. Mais quand Dame Manithil entre à son tour, même ton amie marque un silence respectueux. La Première conseillère te fait un clin d'œil en passant. Plus de doutes possibles : elle souhaitait vraiment que tu assistes à la réunion.

Une dizaine d'elfes entrent encore. Tous les pouvoirs sont représentés à peu près équitablement, sauf celui de la nuit évidemment. Il manque néanmoins encore les plus attendus : le roi Anario et la reine Celebrian. Ils entrent en tout dernier, juste derrière une elfe magnifique au regard dur. Les souverains s'installent sur une petite estrade et toute l'assemblée se lève pour les accueillir. Malheureusement, tu n'es pas très grande et tu es bientôt aveuglée par la foule. Athelleen, qui fait presque une tête de plus que toi, t'explique où s'est installé chacun.

ÉNIGME N° 9

Place chaque elfe sur ce schéma grâce aux indications d'Athelleen.

- Aucun homme n'est placé devant.
- Le roi et la reine sont côte à côte.
- La Première conseillère est plus proche d'Othar que du roi.
- C'est une femme qui se trouve au milieu du rang arrière.
- Eressëa est installée vers la gauche.

ANARIO	CELEBRIAN	MANITHIL
OTHAR	ERESSËA	

estrade

public

Une fois l'assemblée installée, le roi Anario prend la parole :

— Bienvenue, mes amis. Nous sommes navrés de vous accueillir pour vous donner de mauvaises nouvelles, mais nous ne pouvons plus fermer les yeux sur ce qu'il se passe dernièrement dans le royaume. Je laisse la parole au conseiller Othar et à la cheffe de nos armées, Eressëa.

Alors que la guerrière s'avance, le regard d'Athelleen s'éclaire en remarquant qu'Eressëa porte des rubis, symbole des elfes du brasier. Le conseiller Othar prend la suite du discours :

— Depuis quelques semaines, nous avons remarqué d'étranges apparitions. Des ombres auraient été aperçues dans la Forêt aux cinq arbres hier soir. D'après nos informations, ces ombres viendraient de l'ancien royaume de Liommerg.

Tu remarques soudain que Dame Manithil te fixe. Athelleen fronce les sourcils et te glisse à l'oreille :

— Le nom de ce royaume me dit quelque chose...

Elle sort un petit carnet de sa poche, y griffonne quelque chose puis te le tend.

ÉNIGME N° 10

Complète la grille grâce aux définitions d'Athelleen, puis reporte les lettres pour obtenir le vrai nom du royaume.

1. Eressëa en est une.
2. Notre royaume.
3. Ton pouvoir.
4. Notre reine.
5. La Première conseillère.
6. Le pouvoir dont l'arbre est blanc et gris.

Tu fixes ton amie sans comprendre. Elle reprend :

— Ça ne te dit rien ? Ce mot signifie « épée noire ».

Tu n'as jamais entendu parler de ce royaume ni d'une quelconque épée noire. Sur l'estrade, Eressëa se met à parler :

— Je pense que certains d'entre vous ont compris que nous parlons en réalité du nouveau royaume de Mormegil. À l'époque où il se nommait encore Liommerg, ce pays était notre allié, mais depuis que l'elfe noire Elbereth y a élu domicile...

Une elfe noire ? Tu repenses à ce que tu as découvert dans ton livre sur le pouvoir de la nuit, et à la femme de ta vision. Tout cela pourrait-il avoir un lien ? As-tu en réalité aperçu l'elfe noire dans ta vision ? Dame Manithil est toujours en train de te fixer. Veut-elle confirmer tes pensées ?

— Vous n'êtes pas sans savoir qu'Elbereth rêve de se venger du royaume d'Alfar, reprend Eressëa. Elle n'était probablement pas encore assez puissante pour le faire jusqu'à présent, mais ces apparitions à Alfar ne laissent pas place au doute. Nous devons la trouver avant qu'elle ne vienne à notre rencontre !

Un terrible silence s'installe dans l'assemblée.

ÉNIGME N° 11

Recompose ce puzzle pour comprendre ce que signifie Elbereth.

Sentant que l'atmosphère est tendue, la reine Celebrian se lève à son tour.

— Ne vous inquiétez pas, mes amis, nous sommes déjà bien informés et commençons à entrevoir les intentions d'Elbereth. Elle est actuellement en train de chercher de nouveaux alliés. Pour ne pas éveiller ses soupçons, la plupart de nos guerriers resteront ici pour veiller sur le royaume. De son côté, Eressëa va partir avec une troupe de volontaires pour le royaume de Mormegil. En chemin, notre cheffe des armées tâchera de consolider nos alliances avec le peuple de la forêt et celui des cascades. Votre mission, mes seigneurs, est donc de trouver des volontaires pour cette dangereuse aventure, mais dans le plus grand secret. Le peuple d'Alfar ne doit pas être inquiété et Elbereth ne doit surtout pas se douter de nos intentions...

La reine s'interrompt en te voyant lever la main. Tous les elfes se tournent alors vers toi. Malgré ta gêne, tu ne te laisses pas décontenancer.

— Je suis volontaire, Dame Celebrian. Je partirai avec Eressëa, si elle accepte mon aide.

Athelleen te regarde, étonnée, puis se précipite à son tour.

— Je viens aussi ! Nous pouvons nous battre, et nous nous entraînerons avec entrain pour accomplir cette mission.

Pour la première fois, vous voyez la cheffe des armées sourire, tout comme Celebrian et Manithil. Apparemment, la Première conseillère n'en attendait pas moins de toi.

— Soit, reprend la reine. Eressëa, voici déjà deux nouvelles recrues !

Tes parents n'en reviennent pas lorsque tu leur annonces que tu as décidé de faire partie de l'armée d'Alfar. Heureusement, Dame Manithil t'accompagne pour les rassurer.

— Votre fille fait preuve de beaucoup de courage. Eressëa veillera sur elle comme sur sa propre vie et, croyez-moi, elle est digne de confiance. Les pouvoirs d'Elenwël pourraient être vraiment utiles à notre armée.

— Je comprends que vous soyez déçus, ajoutes-tu, mais vous savez très bien que ma place n'est pas ici. Je restreins en permanence mon pouvoir pour ne pas abîmer les fleurs. J'en ai assez de me retenir. Je veux me rendre vraiment utile.

À force d'arguments, tu convaincs finalement tes parents. Ton père te propose même de t'aider pour ton entraînement. Dès le lendemain, il te propose deux épreuves pour t'entraîner au décodage.

ÉNIGME N° 12

Ton père te donne un morceau de papier avec une liste. Devine quel type d'épreuve tu devras passer ensuite.

CVVCCV

COMBAT MENTAL

PRÉCISION AGILITÉ

DISCRÉTION DÉFENSE

ÉQUILIBRE OBSERVATION

COURSE PARCOURS

Pour réussir la seconde épreuve, tu dois emprunter le bon chemin.

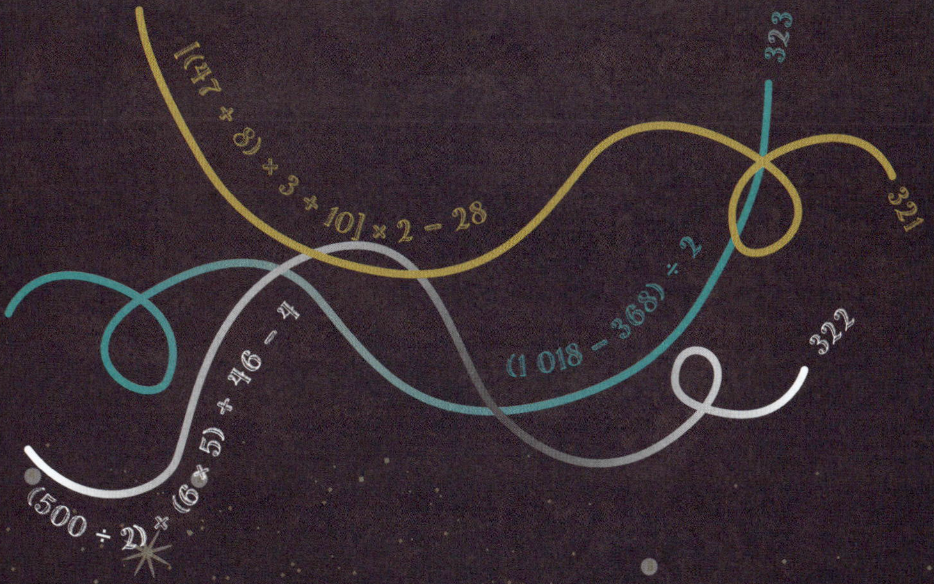

Le lendemain, tu rejoins Athelleen devant chez elle car vous avez prévu de vous rendre ensemble au palais. Aldaron est avec elle, mais il n'a malheureusement pas l'air en forme.

— Elenwël… Toi aussi ? demande-t-il. Pourquoi partez-vous ainsi ? Vous n'êtes pas des guerrières…

— Tu ferais mieux de venir avec nous ! lui répond Athelleen en lui donnant un petit coup de poing sur l'épaule.

L'elfe sourit timidement, mais tu vois bien qu'il n'est pas très rassuré. Tu essaies de lui remonter le moral en lui parlant d'Eressëa, puis de Dame Manithil.

— Si vous êtes sûres de vous… concède Aldaron avant de repartir vers la forêt.

Lui qui est toujours si joyeux… Tu es peinée de le voir aussi abattu. Même Athelleen semble s'en vouloir. Elle court le rattraper et lui donne un baiser sur la joue. Après l'avoir remercié pour la fleur, elle revient vers toi en courant, un sourire gêné aux lèvres.

En allant vers le palais, Athelleen te propose de faire un cadeau à Aldaron avant votre départ. Elle cherche des idées dans un livre.

ÉNIGME N° 13

Relie les chiffres pour obtenir l'image du cadeau
que vous pourriez faire à Aldaron.

Une fois votre présence annoncée, un garde du palais vous guide jusqu'à une salle souterraine, éclairée par de grandes torches. Le monde doux et coloré d'Alfar semble bien lointain. Le sol est recouvert d'une épaisse couche de sable et il n'y a aucun meuble, si ce n'est un présentoir rempli d'armes.

Eressëa vous accueille. Elle a troqué sa robe pour une armure en cuir, dans laquelle elle paraît bien plus à l'aise.

— Elenwël et Athelleen, c'est bien cela ? Vous connaissez déjà Othar, notre conseiller chargé de la sécurité à Alfar. C'est un elfe du souffle, il nous accompagnera lors de ce voyage. Voici également vos nouveaux coéquipiers : Thalion, un elfe de la pluie ; Tinuviel, une elfe sans pouvoir, mais qui est une très bonne archère ; et Laurelin, ma seconde, qui est une elfe lumineuse. Les cinq pouvoirs sont ainsi représentés, puisqu'Athelleen est une elfe du brasier, comme moi, et Elenwël une elfe de la nuit.

Tu salues les elfes d'un signe de tête et d'un sourire. Ils ont tous l'air très sympathiques... enfin presque tous. Une personne te fixe d'un regard noir qui te fait frissonner. Tu ne te souviens déjà plus de son prénom.

ÉNIGME N° 14

En t'aidant des présentations faites par Eressëa et du code couleurs, relie chaque nom à l'image correspondante.

SANS POUVOIR

SOUFFLE

LUMIÈRE

PLUIE

Thalion

Othar

Tinuviel

Laurelin

Tinuviel continue de te fixer froidement. Lorsqu'on qualifie un elfe d'être « sans pouvoir », c'est généralement parce que son arbre est mort ou qu'il a été détruit. Ce doit être très dur à vivre et c'est pour cela que de nombreux gardiens, comme Aldaron, veillent sur la Forêt aux cinq arbres.

Athelleen te sort de tes rêveries d'un coup de coude.

— Tu viens ? Commençons par nous entraîner au tir à l'arc.

Tinuviel est justement en train de s'exercer. Tu l'observes du coin de l'œil, tandis qu'Eressëa montre à ton amie comment bander son arc. La jeune elfe sans pouvoir tire trois flèches d'un coup, qui se fichent chacune en plein milieu d'une cible. Impressionnant !

La cheffe des armées te remet un arc et une flèche, puis vous demande, à Athelleen et toi, de viser un mannequin.

ÉNIGME N° 15

En t'aidant des précieux conseils d'Eressëa, place les points dans les cibles pour viser celle qui en rapporte le plus.

- Il y a 7 cibles, qui valent de 1 à 7 points.
- La cible à 2 points n'est reliée qu'à une autre cible, qui n'est pas celle à 6 points.
- La cible à 3 points est reliée à deux cibles qui ont au moins deux points de différence par rapport à elle.
- La cible à 6 points n'est pas dans la partie droite du mannequin et elle est reliée à celle à 1 point.
- La cible à 5 points n'est reliée à aucune autre cible.
- La cible à 4 points est à une extrémité, reliée à une cible qui a plus de points qu'elle.
- La cible à 1 point se trouve sur la partie basse.

Laurelin vous explique que les elfes guerriers essaient toujours de ne pas viser les points vitaux de leurs ennemis. Le but est uniquement de les immobiliser, et il en va de même pour le corps-à-corps. La guerrière vous remet ensuite une longue épée à chacune. À ta surprise, la tienne est légère et tu arrives à la manier facilement.

Athelleen et toi vous entraînez un long moment, si bien que lorsque vous sortez du palais, la nuit est déjà tombée. Tu n'as pas vu le temps passer ! Tu es épuisée, mais ravie de cette première journée. Le grand départ est prévu pour le mois prochain, ton entraînement est donc loin d'être terminé.

Le lendemain soir, tu rends visite à la Première conseillère après l'entraînement.

— Il est temps de passer à la vitesse supérieure, dit-elle en te tendant un livre sur le pouvoir de la nuit qui contient de nombreux sorts d'attaque et de défense. J'aimerais t'en enseigner un maximum avant ton départ.

Le premier sort qu'elle veut t'apprendre permet de créer de la glace.

ÉNIGME N° 16

Afin de te concentrer au maximum, complète cette grille de sorte qu'un chiffre n'apparaisse qu'une fois par ligne, par colonne et dans chaque carré de neuf cases.

5		4						
6		8	1		5	3		
1	7			4	8		6	2
	5		7		1	4	9	
	9					7		1
7	1	3	9		4		5	
	6			3	7	2		4
2	8		4			6		
3		5		8	2		7	9

Ce n'est qu'au bout de plusieurs jours d'entraînement que tu parviens enfin à créer de la glace. Le mois d'entraînement intensif qui suit est plus difficile encore. Avec Athelleen, vous apprenez à vous battre, mais aussi à mieux tirer parti de vos pouvoirs. Pour votre dernier jour d'entraînement, Eressëa et Laurelin vous remettent des armes.

ÉNIGME N° 17

Aide-toi des indications pour compléter le tableau et découvrir quelle arme a reçu chacun, en combien d'exemplaires et en quelle matière.

- Il n'y a qu'une épée, en argent, et 5 couteaux, qui ne sont pas en or.
- Les armes de Thalion ne sont pas en fer.
- Une femme a reçu les poignards. Ce n'est pas Athelleen, qui a eu l'épée.
- Tu n'as pas eu 5 armes et elles ne sont ni en argent ni en or.
- Tinuviel a eu le plus d'armes, des flèches, qui ne sont pas en fer.

ELFE	ARME	NOMBRE	MATIÈRE
ELENWËL			
ATHELLEEN			
TINUVIEL			
THALION			

ARMES : couteau, épée, flèche, poignard.

NOMBRES : 1, 2, 5, 10.

MATIÈRES : argent, fer, obsidienne, or.

Chapitre 3

L'histoire d'Elbereth

C'est le grand jour. Vous êtes tous allés au palais de bonne heure ce matin pour y recevoir des présents du roi et de la reine offrant à chacun une arme supplémentaire, une cape et de solides armures. Heureusement, tout ce matériel est très léger.

Vous quittez le palais à l'aube pour rejoindre la Forêt aux cinq arbres. Tes parents sont au bord du chemin et te font un signe sans dire un mot. Les adieux ont été difficiles hier soir, mais tu es surtout heureuse de pouvoir vivre cette nouvelle aventure.

Une fois dans la forêt, tu n'entends rien d'autre que le chant des oiseaux et tes pas sur les feuilles. Votre compagnie marche en silence. Au bout de quelques minutes, vous croisez Aldaron. Il est perché sur la branche d'un arbre et vous adresse un sourire triste. Athelleen court le rejoindre et lui remet une lettre avant de revenir aussi vite à tes côtés.

— Sans commentaire ! te dit-elle en remarquant ton sourire amusé. Au bout d'un moment, Eressëa te laisse la carte et part devant afin de repérer un endroit pour dormir.

ÉNIGME N° 18

Suis les indications d'Eressëa pour la rejoindre.

→ ↓ ↓ → → ↑ → → ↓ ↓ ↓ ← ← ←
← ← ↓ ↓ → → → → → → → ↑ ↑

Vous avez mis une journée entière à traverser la forêt. Le soir, vous rejoignez Eressëa, qui vous propose de dormir près d'un arbre du brasier pour vous apporter un peu de chaleur. Tu te blottis contre Athelleen, mais très vite, tu ne supportes plus sa chaleur et tu décides de t'éloigner un peu pour te rafraîchir. Tu reconnais soudain l'endroit : vous êtes proches de ton arbre !

Tu jettes un coup d'œil par-dessus ton épaule, hésitante. Avec tous les gardiens qui rôdent en permanence, la forêt est très sûre et aucun de tes compagnons ne monte la garde, ils sont tous profondément endormis. Tu pars donc à la recherche de ton arbre. Grâce à ton pouvoir, tu vois comme en plein jour et tu le trouves rapidement. Tu t'assois contre son tronc et, soulagée par la fraîcheur qu'il dégage, tu finis par t'endormir.

Tu aperçois à nouveau l'elfe noire en rêve. Cette fois, elle ne te parle pas, comme si elle ne se rendait pas compte de ta présence. Elle observe une sorte de boule de glace dans sa main.

Soudain, ton visage endormi apparaît dans la boule. Tu te réveilles en sursaut.

ÉNIGME N° 19

Tu dois remettre tes idées en ordre.
Replace ces mots dans l'ordre pour former deux phrases qui expliqueront ta vision.

aussi le pouvoir

de la nuit.

se trouve

Tu penses donc

alors qu'elle

loin de toi.

être capable de

dans ton livre,

qu'elle possède

t'observer

l'elfe noire semble

Comme expliqué

Tu te lèves doucement, encore abasourdie par ce que tu viens de voir. Pourquoi s'intéresse-t-elle à toi ? Est-ce à cause de ton pouvoir ?

— Tu l'as encore vue, c'est cela ?

Dame Manithil est tout près d'un arbre au tronc bleu, comme le tien.

— As-tu oublié que nos arbres sont voisins ? reprend-elle, amusée.

La Première conseillère se rapproche et te prend la main.

— Tu es glacée. C'est normal, tes pouvoirs montent en puissance quand tu t'approches de ton arbre. Et ça confirme mes doutes : tu peux utiliser la vision de la Lune. Je peux enfin te donner quelques explications, Elenwël.

Tu ne sais pas quoi répondre.

— L'elfe de ta vision est très probablement Elbereth. C'est aujourd'hui une elfe maléfique, mais elle n'a pas toujours été ainsi. En fait, elle vivait jadis parmi nous, à Alfar. Depuis la nuit des temps, des elfes se tournent vers les ténèbres après avoir vécu un drame dont ils ne peuvent se remettre. Ils étaient peu nombreux au début, et faciles à contenir, mais tout a changé après L'NINEURE ACENGER. Sais-tu ce que cela signifie ?

ÉNIGME N° 20

Pour comprendre Dame Manithil, reporte les lettres du premier mot au-dessus de la ligne, puis celles du second mot en dessous de la ligne.

Tu pourras alors lire les lettres dans l'ordre, mais encore faudra-t-il trouver comment.

L'

Voyant que tu comprends de quoi elle parle, Dame Manithil reprend.

— Bien que nous ayons remporté cette guerre contre les sorciers du sud, ce conflit, qui a duré des années, a traumatisé toute une génération d'elfes. Les elfes noirs devenant de plus en plus nombreux, le peuple d'Alfar a remarqué que la plupart d'entre eux avaient le pouvoir de la nuit. Les elfes de la nuit ont commencé à être mal vus, et une partie du peuple d'Alfar, effrayée, s'est mise à couper les arbres au tronc bleu. C'est une période très sombre de notre histoire, que nous ne racontons pas aux jeunes générations.

— En effet, je n'avais jamais entendu parler de tout cela… réponds-tu, bouche bée.

— Après une sombre année, reprend Manithil, les elfes noirs ont enfin été contenus. Ceux qui avaient perdu leurs pouvoirs se sont calmés d'eux-mêmes, et les autres ont été emprisonnés au palais. Mais de nombreux elfes ont également été tués… Je te laisse calculer le nombre d'elfes de la nuit qui ont perdu leur pouvoir, d'une façon ou d'une autre, cette année-là.

La Première conseillère te remet alors un morceau de parchemin.

ÉNIGME N° 21

Pour connaître le nombre d'elfes de la nuit qui ont perdu leur pouvoir, complète cette pyramide. Chaque case correspond à la somme des deux nombres en dessous.

La Première conseillère te propose de t' asseoir avant de continuer son récit.

— Les elfes sans pouvoir ont ensuite été de plus en plus nombreux. Une partie de l'histoire nous est encore inconnue, mais nous avons étudié la question avec la reine Celebrian et le roi Anario. Nous pensons que la majorité des elfes sans pouvoir sont en réalité des elfes de la nuit qui ne trouvent pas leur arbre.

Tu es abasourdie par les paroles de Manithil.

— Je sais... Ça paraît fou, continue-t-elle, mais c'est la seule explication que nous ayons trouvée. À l'époque, nous étions trois elfes de la nuit dans tout le royaume. Elbereth, son frère Aeglos et moi. Ceux qui avaient été emprisonnés étaient morts depuis longtemps. J'ai demandé de l'aide à Elbereth et à son frère pour semer de nouveaux arbres de la nuit plus proches du centre du royaume, mais les choses ont mal tourné... Les elfes les plus anciens avaient encore une très mauvaise image des elfes de la nuit qui, selon les rumeurs, pouvaient faire des choses effroyables que je te laisse découvrir...

ÉNIGME N° 22

Le dessin de Manithil est incomplet. Pour le terminer et faire apparaître un mot, colorie chaque barre blanche avec l'une des couleurs indiquées sous le schéma.

Tu commences à imaginer ce qui a pu pousser des elfes d'Alfar à couper des arbres de la forêt sacrée, et cela te terrifie. La Première conseillère reprend le fil de son récit.

— Un jour, Aeglos a été retrouvé mort. Nos graines avaient disparu. Encore aujourd'hui, personne ne sait qui a commis cet acte abject. Le roi et la reine de l'époque nous ont interdit de continuer. La mort d'Aeglos m'a bouleversée, nous n'étions encore que des adolescents. Sans Celebrian et Anario, je serais peut-être devenue une elfe noire, moi aussi... comme Elbereth. Au début, Elbereth était simplement silencieuse et distante. Les seigneurs du royaume ont donc considéré qu'il n'y avait pas de quoi s'inquiéter. Elle a su tromper notre vigilance à tous. Jusqu'au jour où elle est venue me demander de l'aide pour venger son frère. C'est là que j'ai compris... Je n'ai pas eu d'autre choix que de la dénoncer aux seigneurs d'Alfar. Hélas, Elbereth était devenue si puissante qu'elle est parvenue à tuer le roi avant de s'enfuir.

La Première conseillère reste silencieuse un moment, plongée dans ses souvenirs, puis elle relève la tête.

— Tu sais tout désormais, mais il vaut mieux garder cette histoire pour toi. Je t'en parle car tu as un don rare, celui d'utiliser la vision de la Lune. Autrement dit, tu peux observer Elbereth à son insu. Cache cet atout aussi longtemps que possible. Si tu as un jour une vision qui te semble importante, parles-en à Eressëa, mais à personne d'autre. Il va bientôt faire jour, tu ferais mieux de rejoindre tes compagnons.

Sans attendre de réponse, Manithil se lève, caresse son arbre une dernière fois, puis repart en direction du palais. Encore surprise par toutes ces révélations, tu n'as pas pensé à prévenir l'elfe qu'Elbereth utilise aussi la vision de la Lune, pour te surveiller...

Lorsque tu rejoins le campement, tout le monde est déjà réveillé. Tu leur expliques que ton arbre est tout proche et que tu as dormi contre lui, ce qui ne semble étonner personne. Seule Tinuviel te regarde toujours avec froideur.

Vous vous préparez rapidement avant de reprendre la route. Tes compagnons marchent en silence, ce qui te permet de réfléchir à tout ce qui vient de t'être révélé. Tu ne peux t'empêcher d'observer la jeune elfe sans pouvoir. Si ce que Dame Manithil a dit est vrai, Tinuviel serait en réalité une elfe de la nuit. Est-elle au courant ? Cela pourrait expliquer son comportement envers toi. Elle est peut-être jalouse de ne pas avoir trouvé son arbre, mais tu n'oses pas lui en parler.

Après une petite heure de marche, vous arrivez à l'orée de la forêt, un panneau indique plusieurs chemins possibles. Eressëa hésite et vous demande votre avis. Thalion propose de partir vers la gauche et commence à y aller sans attendre de réponse.

ÉNIGME N° 23

À l'aide des panneaux, choisis le chemin qui te paraît le plus sûr. Thalion va-t-il dans la bonne direction ?

Alors qu'Athelleen et toi marchez côte à côte, vous sentez soudain des gouttes d'eau. Ton amie se retourne vers Thalion.

— Peux-tu arrêter ça ?

Le jeune elfe, à peine plus âgé que vous, fait semblant de ne pas comprendre, en haussant les épaules. Le fait que Thalion passe son temps à essayer d'amuser tout le monde t'énerve parfois un peu, mais tu dois avouer que sans lui, le voyage serait beaucoup plus monotone. C'est aussi la seule personne à qui Tinuviel parle vraiment : ils se connaissent depuis l'enfance, ils viennent du même village.

Tu profites qu'Athelleen s'éloigne un peu pour te rapprocher de Thalion. Tu lui parles de tout et de rien avant de lui poser une question importante.

— Tout va bien avec Tinuviel ? J'ai l'impression qu'elle ne m'aime pas trop.

Mais Thalion n'a pas le temps de répondre, car Eressëa vous dit que vous n'irez pas plus loin aujourd'hui.

Plus tard ce soir-là, l'elfe de la pluie te donne discrètement un morceau de papier en te faisant un clin d'œil.

ÉNIGME N° 24

Décode le message de Thalion écrit en langue elfique.

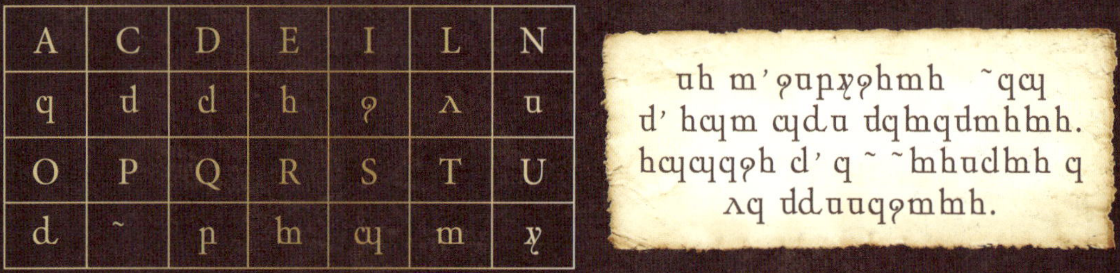

Chapitre 4

Les elfes de la forêt

Le lendemain, durant le déjeuner, Eressëa vous parle un peu des elfes de la forêt, que vous allez bientôt rencontrer.

— Nous sommes déjà sur leur territoire, mais ils vivent à quelques heures de marche d'ici. Ces elfes sont très timides. Ils ont tendance à se cacher. Ne faites pas de mouvements brusques afin qu'ils comprennent que nous venons en paix. Othar et moi allons leur parler, tandis que vous resterez à l'extérieur du village avec Laurelin.

Vous hochez la tête avant de remballer vos affaires pour reprendre la route. Prenant les paroles d'Eressëa très au sérieux, tu caches tes armes sous ta veste. Tu ne devrais pas en avoir besoin ici, le peuple de la forêt ayant toujours été en paix avec Alfar. Même si ces elfes se débrouillent bien à l'arc, ce ne sont pas pour autant des guerriers et, en cas de danger, ils préfèrent se cacher dans les troncs, les racines ou encore les cimes des arbres.

ÉNIGME N° 25

Vous avancez encore un peu et les arbres te paraissent soudain très différents. Observe-les attentivement et repère les trois qui sont différents des autres.

Alors que vous vous approchez d'un village, tu repères quelques elfes qui se cachent derrière les arbres.
Tu fais semblant de ne pas les avoir vus, mais Athelleen a plus de mal à ne pas les dévisager. Elle semble très heureuse de rencontrer enfin un autre peuple que celui d'Alfar.

Comme convenu, Laurelin vous propose de vous arrêter au bord d'un ruisseau tandis qu'Eressëa et Othar partent seuls en direction du village. Vous en profitez pour vous rafraîchir et remplir vos gourdes. Athelleen et toi chahutez un peu dans l'eau, mais Laurelin vous rappelle vite à l'ordre. Le peuple de la forêt semble en effet bien silencieux. Vous n'entendez que le bruit du ruisseau, des insectes et des oiseaux.

Il fait déjà presque nuit. Tu commences à trouver le temps long. Soudain, quelque chose bouge dans un buisson près de vous.

ÉNIGME N° 26

Pour savoir de quoi il s'agit, colorie les cases de ce tableau en t'aidant de l'exemple. Les chiffres indiqués en haut te donnent le nombre et la couleur des cases à colorier dans chaque colonne.

													6	6	6	6													
										1			1	1	1	1			1										
										2			3	2	2	3			2										
										1	4		1	5	5	1		4	1										
									2	3	1	5	2	1	1	2	5	1	3	2									
		7	7	6	5		3	2	1	3	1	1	4	2	2	4	1	1	3	1	2	3		5	6	7	7		
6	6	2	3	1	2		7	6	4	1	4	4	1	2	2	1	4	4	1	4	6	7		2	1	3	2	6	6
1	2	4	8	4	4	4	4	8	11	2	3	3	4	3	3	4	3	3	2	11	8	4	4	4	4	4	8	2	1
16	12	7	9	12	12	18	8	6	3	7	8	8	2	2	2	2	8	8	7	3	6	8	18	12	12	9	7	12	16
2	5	1	2	2	2	3	3	3	4	5	4	4	1	1	1	1	4	4	5	4	3	3	3	2	2	2	1	5	2

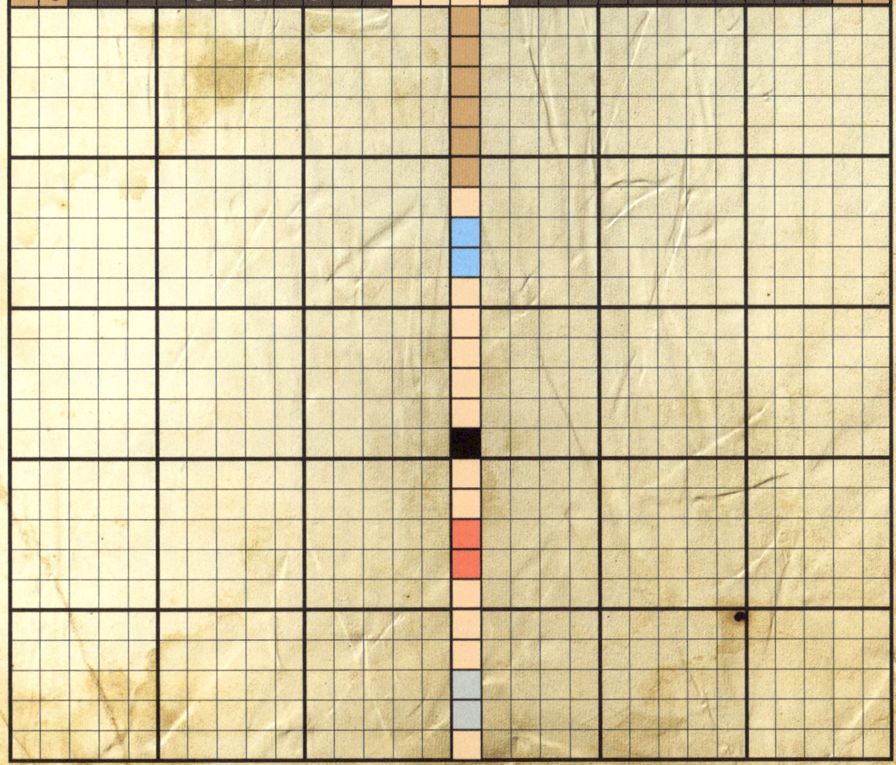

C'est une elfe des bois qui sort du buisson. Elle porte une lanterne et a l'air moins timide que les autres, car elle vous sourit. Sans dire un mot, elle vous fait signe de la suivre. Vous regardez tous Laurelin qui hésite un court instant avant d'accepter, tout en demandant à Thalion et Athelleen de rester près du village pour attendre Eressëa et Othar. Ton amie n'aime pas du tout l'idée de rester là à ne rien faire, qui plus est avec Thalion qui l'énerve, mais les ordres sont les ordres. Tu lui fais un petit signe de la main avant de suivre Laurelin et Tinuviel.

L'elfe de la forêt vous guide dans la nuit, en se retournant régulièrement pour vérifier que vous êtes toujours là. Elle vous amène dans une clairière entourée de pierres. Elle s'y arrête et se met à parler dans sa propre langue.

ÉNIGME N° 27

Traduis les paroles de l'elfe de la forêt en remplissant les colonnes de cette grille, à la verticale et de gauche à droite.

« BNPDSS IUEEVA EEUSAI N,PBVD VLLOOE EEEIUR. »

Laurelin vous traduit la suite :

— Comme je m'y attendais, notre reine et notre roi refusent de partir en guerre. Il faut dire que notre peuple n'a jamais combattu. Je comprends donc leurs craintes. J'ai mis moi-même longtemps avant de comprendre que nous n'avions plus le choix, si nous voulions préserver la paix.

L'elfe se retourne pour regarder le bois derrière elle, puis elle fait signe d'approcher à des êtres invisibles. Tu distingues alors des dizaines d'elfes des bois qui sortent timidement de leur cachette. L'elfe leur sourit, puis reprend :

— Nos souverains ne l'ont pas dit à vos chefs, mais les ombres nous ont envahis, nous aussi. De sombres créatures sont en action dans ces bois. Nous sommes peu nombreux à avoir décidé de nous battre, mais vous pouvez compter sur nos arcs et nos flèches.

Laurelin pose la main sur son cœur et baisse la tête en signe de remerciement. Elle demande ensuite à Tinuviel et toi d'aller chercher le reste du groupe. Vous camperez ici ce soir, à l'extérieur du village.

ÉNIGME N° 28

Choisis le chemin le plus court pour rejoindre le village avec Tinuviel.

Tu es un peu gênée de te retrouver seule avec Tinuviel, mais tu décides de briser la glace assez directement :

— Tinuviel… Es-tu réellement une elfe sans pouvoir ?

La jeune elfe semble très surprise. Tu viens de taper dans le mille : elle baisse la tête et se met à marcher plus vite, sans répondre. C'est ce qu'on appelle fuir une conversation !

Tu n'insistes pas et vous rejoignez rapidement le reste du groupe. Eressëa et Othar sont revenus. Ils se lèvent à votre arrivée. Tandis que Tinuviel reste en arrière, tu leur racontes ce qu'il vient de vous arriver. Le visage d'Eressëa s'illumine.

— Vous avez certainement rencontré la princesse. Je l'ai vue quitter le village alors que nous étions en pleine entrevue avec ses parents. C'est formidable ! Les elfes des bois sont de très bons archers !

ÉNIGME N° 29

Le soir venu, Eressëa te demande de compter le nombre exact d'elfes des bois prêts à vous aider. Complète cette grille ; tu parviendras au résultat en additionnant les cases.

25			=105
	37		=105
36			=105
=105	=105	=105	=105

Eressëa espérait obtenir plus de soutien de la part du peuple des bois. Elle est de très mauvaise humeur ce matin, même si Laurelin tente de la rassurer en lui disant que 150 bons archers valent mieux que 1 000 ombres du côté d'Elbereth.

Toi aussi, tu es de mauvaise humeur : Tinuviel ne t'adresse toujours pas la parole et ne te regarde même plus depuis hier soir. Elle reste toujours, voire encore plus, à distance. Thalion, qui a remarqué ce changement, vient s'asseoir près de toi au petit déjeuner.

— Qu'est-ce que tu as bien pu lui dire ? Elle ne me parle même plus. Elle s'est refermée comme une huître.

Tu n'es pas d'humeur à rire de cette comparaison. Thalion te promet de réfléchir à une stratégie efficace pour briser la glace entre vous et, entre temps, te propose de jouer aux cartes pour vous changer les idées.

ÉNIGME N° 30

Pour remporter la partie, pose trois cartes dont le résultat vaut 25 points.

Carte	●	★	■	▲	⬢
Nombre de points	1	2	3	4	5
Carte	♦	♥	⬟	▬	○
Nombre de points	6	7	8	9	10

Thalion n'étant pas très concentré, tu remportes toutes les manches. À la fin de la dernière, il te demande de le suivre dans la forêt. Vous vous éloignez un peu du camp, et tu remarques qu'Athelleen vous observe.

— Je crois qu'il faut que je t'en dise un peu plus au sujet de Tinuviel, commence Thalion dès que vous trouvez un coin tranquille pour discuter.

Tu n'avais encore jamais vu Thalion aussi sérieux. Il a l'air très préoccupé.

— C'est une histoire dont elle ne parle à personne. Je la connais car j'en ai été témoin, mais elle ne sait probablement pas que je suis au courant. Plus jeunes, nous étions voisins et nous passions notre temps à jouer ensemble. C'était une elfe très joyeuse, à l'époque...

Il marque une pause, plongé dans ses souvenirs, puis reprend en te regardant dans les yeux :

— Jusqu'à il y a quatre ans, quand elle avait 12 ans et moi 14, lorsqu'elle a trouvé son arbre.

Tu entends soudain un bruit, qui ne laisse pas le temps à Thalion de finir.

ÉNIGME N° 31

Observe attentivement les alentours et trouve le seul détail qui ne correspond pas à l'image afin de repérer la provenance de l'étrange bruit.

A

B

C

D

E

F

Tu regardes fixement une partie de la forêt qui te semble suspecte. Alors que tu t'apprêtes à te lever pour aller vérifier par toi-même, tu vois simplement un écureuil remuer puis s'enfuir. Soulagée, tu te replaces sur la souche d'arbre qui te sert de siège. Thalion continue son récit.

— Tinuviel n'est pas vraiment une elfe sans pouvoir… du moins, elle ne l'a pas toujours été. Un soir où j'étais allongé dans mon jardin, je l'ai vue rentrer chez elle en courant, avec un grand sourire. Je l'ai même entendue crier à ses parents : « J'ai trouvé mon arbre ! » J'étais très heureux pour elle et j'avais hâte de connaître son pouvoir. Comme je ne suis pas d'un naturel très patient, je me suis approché de la fenêtre. Bizarrement, ses parents n'étaient pas contents du tout. C'est alors que je les ai entendus dire qu'elle était une elfe de la nuit, comme toi.

— Vous faites bande à part ?

Thalion et toi sursautez. Athelleen vient de sortir de derrière un arbre. Elle vous regarde étrangement. Thalion reprend tout de suite son masque de plaisantin et demande à Athelleen si elle est jalouse, en lui faisant un clin d'œil. Puis, sans attendre de réponse, il repart vers le camp. Ton amie semble attendre des explications.

ÉNIGME N° 32

Tu cherches une excuse, mais finis par bafouiller lamentablement. Remets cette phrase dans l'ordre pour dissiper les doutes d'Athelleen.

nos deux pouvoirs :

voulions essayer

que je transforme

en utilisant

de la pluie

Thalion et moi

une nouvelle technique

en glace.

il fait tomber

Tu n'as pas le temps de vérifier si Athelleen te croit : Laurelin vous rejoint pour vous demander de revenir au camp. Eressëa rassemble votre compagnie pour vous demander de vous entraîner avec le peuple de la forêt.

— Nous ne devons faire qu'un lors de la bataille. Mettez-vous par groupe. Chacun de nous s'entraînera avec une vingtaine d'elfes des bois. Nous nous apprendrons mutuellement des techniques.

Tu rejoins le groupe dont fait partie la princesse. Elle te propose de commencer par les observer.

ÉNIGME N° 33

Les elfes des bois sont très discrets.
Trouve les quatre elfes cachés dans cette image.

La princesse t'explique que le gros point fort de son peuple est sa discrétion.

— Si le champ de bataille était une forêt, Elbereth n'aurait aucune chance.

Tu es bien d'accord avec elle, mais d'après ce que tu sais, il n'y a quasiment plus aucune végétation dans le royaume de Mormegil. Tu demandes donc à la princesse de te conduire dans un endroit plus dégagé.

Vous rejoignez une sorte de carrière de pierres où des hommes, qui vivent dans le royaume voisin, viennent pour récupérer de quoi construire leurs maisons. Ce terrain te semble parfait. Tandis qu'une partie du groupe s'entraîne à se dissimuler parmi les rochers, les autres elfes t'apprennent les bases du camouflage.

ÉNIGME N° 34

Pour t'entraîner, aide-toi du modèle et reproduis cette elfe dans la grille de droite.

Chapitre 5

Le peuple des cascades

Vous passez une semaine entière à vous entraîner avec le peuple des bois. À la fin, la princesse vous informe que ses parents commencent à lui poser des questions.

— Vous feriez mieux de partir avant qu'ils nous interdisent tout contact avec vous. Nous continuerons à nous entraîner et à recruter des elfes, en toute discrétion. Vous pouvez compter sur moi, Eressëa. Notre peuple répondra présent lors de la bataille finale.

— Merci, Princesse. Je n'aurais pu rêver meilleurs alliés.

Le lendemain matin, à l'aube, votre compagnie reprend sa route. Il vous faut rejoindre le royaume des cascades, qui se trouve à plusieurs jours de marche. Ce royaume est un ancien allié d'Alfar, Mais Eressëa n'est pas sûre d'y recevoir de l'aide.

Le deuxième jour, elle vous demande, à Athelleen et toi, de prendre la relève pour guider la compagnie.

ÉNIGME N° 35

Observe attentivement la carte. En sachant que vous marchez à 4 km/h, calcule le temps qu'il vous faudra pour parcourir tout le chemin en rouge.

☐ km ÷ ☐ km/h =

☐ h ☐ min

1 cm = 1 km

Durant ces derniers jours, tu n'as pas eu l'occasion de continuer ta discussion avec Thalion, Athelleen ne vous laissant jamais seuls. Tinuviel, de son côté, est toujours aussi renfermée sur elle-même, même si tu la surprends parfois en train de t'observer. Son regard est maintenant moins menaçant, mais toujours aussi gênant.

Lors de votre cinquième jour de marche, Eressëa vous fait soudain signe de vous arrêter et de ne pas faire de bruit. Vous vous retrouvez bientôt entourés d'elfes à la peau pâles et vêtus de simples pagnes. Ils vous encerclent avec des lances. Eressëa lève les mains en signe de paix.

— Nous venons du royaume d'Alfar. Je suis Eressëa, la cheffe des armées, et voici Othar, l'un des conseillers du roi Anario et de la reine Celebrian. Nous souhaitons parler à la reine Myriad.

Une femme sort du groupe. Elle vient observer Eressëa de plus près, puis lui fait signe de la suivre, sans dire un mot.

Tout en marchant en silence, tu essaies de compter discrètement combien d'elfes des cascades vous entourent.

ÉNIGME N° 36

Pour savoir combien il y a d'elfes des cascades, additionne les résultats des équations suivantes.

5 ×  + 6 − 12 = ?

48 ÷ 6 +  − 9 = ?

24 ÷ 2 − 8 − 1 = 

TOTAL :

Athelleen est partie devant avec Eressëa et Laurelin. Thalion en profite pour te rejoindre, mais sans t'adresser un mot. Vous marchez en silence. Les elfes des cascades étant tout proches, aurait-il peur qu'on vous entende ?

Soudain, tu aperçois des gouttes sur ton bras. Serait-ce à nouveau une farce de l'elfe de la pluie ? Tu tournes la tête pour le regarder et tu vois qu'il te fait signe de mieux observer les gouttes. Sur le tissu vert de ta manche, les gouttes ont formé des taches sombres qui dessinent des lettres. Incroyable ! Tu parviens à lire : « Reste discrète », puis « Finissons notre conversation », et enfin « Rejoins-moi à minuit ».

Athelleen a ralenti. Thalion fait glisser sa main sur ton bras, effaçant les lettres sur ta manche. Athelleen se place tout près de toi et te glisse à l'oreille : « Eifém-iot ed iul. Ej en iul siaf sap ecnaifnoc. »

ÉNIGME N° 37

Que cherche à te dire Athelleen ?

Tu es troublée par les paroles de ton amie, tu ne comprends pas ses craintes. Tu décides de laisser ça de côté pour le moment.

Vous marchez pendant une bonne heure avant d'arriver au pied d'une gigantesque cascade. Les elfes vous bandent les yeux et vous guident en vous tenant le bras. Lorsqu'on vous retire vos bandeaux, vous vous rendez compte que vous vous trouvez dans une sorte de caverne. En regardant à travers un trou dans la roche, tu t'aperçois que vous êtes désormais derrière la cascade.

Les elfes vous conduisent jusqu'à un grand espace taillé dans la roche. Le soleil pénètre dans cette cavité et des cascades déversent des litres d'eau de ce trou béant. À travers un arc-en-ciel, vous distinguez un palais, caché dans la bruine formée par les cascades. De nombreux elfes à la peau pâle s'affairent tout autour. Ils vous observent alors que vous avancez.

La reine Myriad vous accueille aux portes du palais et vous invite à entrer. Le vacarme des chutes d'eau cesse dès qu'elle referme la porte derrière vous. L'elfe vous propose de vous reposer et de vous entretenir avec elle le lendemain. Elle te remet un plan du palais.

ÉNIGME N° 38

Guide tes compagnons jusqu'à vos chambres en traversant ce labyrinthe.

Le palais est gigantesque et vous avez chacun droit à une chambre particulière. Tu es contente d'avoir un petit moment de solitude, la présence d'Athelleen te pesant de plus en plus ces derniers temps. À l'heure du dîner, tu t'assois tout de même à côté d'elle et t'efforces de ne pas adresser un regard à Thalion pour que ton amie ne se doute pas de votre rendez-vous nocturne.

À minuit pile, tu sors dans le couloir. Thalion t'y attend, adossé au mur. Tu le suis jusqu'au balcon, qui donne sur une cascade. La lune est pleine et vous y voyez comme en plein jour. Tu observes Thalion discrètement. Il s'en rend compte et te sourit.

— Viens, asseyons-nous.

L'elfe se tait un moment, comme s'il rassemblait ses souvenirs, puis il reprend son récit où il l'avait laissé :

— La nuit qui a suivi la discussion entre Tinuviel et ses parents était aussi belle que celle-ci. Lorsqu'ils sont sortis tous les trois, je les ai suivis. Ils ont marché un long moment. Tinuviel les a guidés au fond de la forêt et leur a montré son arbre, fière d'elle. Son père l'a alors éloignée…

Thalion se tait un instant. Il te regarde droit dans les yeux avant de finir son récit.

— Les parents de Tinuviel étaient tous deux des elfes du brasier. Alors que son père la tenait à l'écart, sa mère a brûlé son arbre sous ses yeux. Le regard de Tinuviel ce soir-là me réveille encore la nuit. J'ai essayé d'éteindre l'incendie avec ma pluie, mais je n'avais pas assez de pouvoir. Je n'ai jamais osé en parler à Tinuviel. J'ai fait semblant, comme ses parents, comme elle-même. Semblant de croire qu'elle avait toujours été une elfe sans pouvoir.

Tu dors très mal cette nuit-là, agitée par des cauchemars, des arbres brûlés, des cris.

Tu as également eu une nouvelle vision d'Elbereth, discutant avec des hommes que tu ne pouvais pas voir. Tu as entendu deux voix qui donnaient des informations sur les pouvoirs de la lumière, du brasier, de la pluie et du souffle. Cette vision te paraît suffisamment importante pour en parler à Eressëa.

La cheffe des armées vous a demandé de vous entraîner, tandis qu'elle et Othar discuteront de leur potentielle alliance avec la reine Myriad. Comme l'espace dédié à votre entraînement est tout près d'une cascade et que vous n'arrivez pas à vous entendre, Laurelin, en profite pour vous apprendre tous les signes nécessaires à une bonne communication visuelle.

ÉNIGME N° 39

Déchiffre ce qu'essaie de te dire chacun de tes compagnons.

A C D E G H I

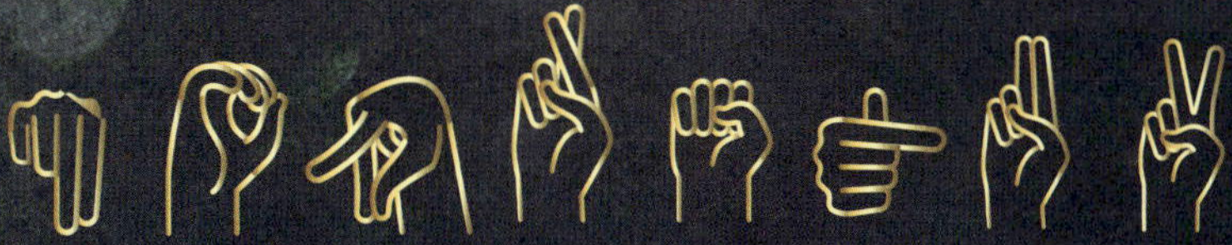

N O P R S T U V

LAURELIN

THALION

TINUVIEL

ATHELEEN

Durant le déjeuner, Eressëa vous fait un compte-rendu de son entrevue avec la reine Myriad :

— La souveraine accepte que son peuple se batte à nos côtés et nous fournira des barques pour continuer notre avancée vers le royaume de Mormegil. De son côté, son peuple s'entraînera ici, dans le plus grand secret, puis accueillera les elfes des bois avant la grande bataille.

Tu sens soudain tes yeux se voiler et tu te sens tomber. Tu as à peine le temps de voir tes compagnons se lever en catastrophe que le vide t'engloutit. Elbereth est là. Elle tient toujours la boule bleuâtre dans ses mains, mais te regarde droit dans les yeux. Elle te lance un sourire entendu avant de disparaître.

— Elle sait, dis-tu à la compagnie en te relevant, aidée par Athelleen et Thalion.

Tu ne regardes qu'Eressëa et tu répètes ces deux mots. Sans te quitter du regard, la cheffe des armées demande aux autres de vous laisser. Il est grand temps lui parler de tes visions.

ÉNIGME N° 40

Tu restes chamboulée par ton entrevue avec Elbereth.
Commence par remettre tes idées en ordre
en démêlant ces lettres.

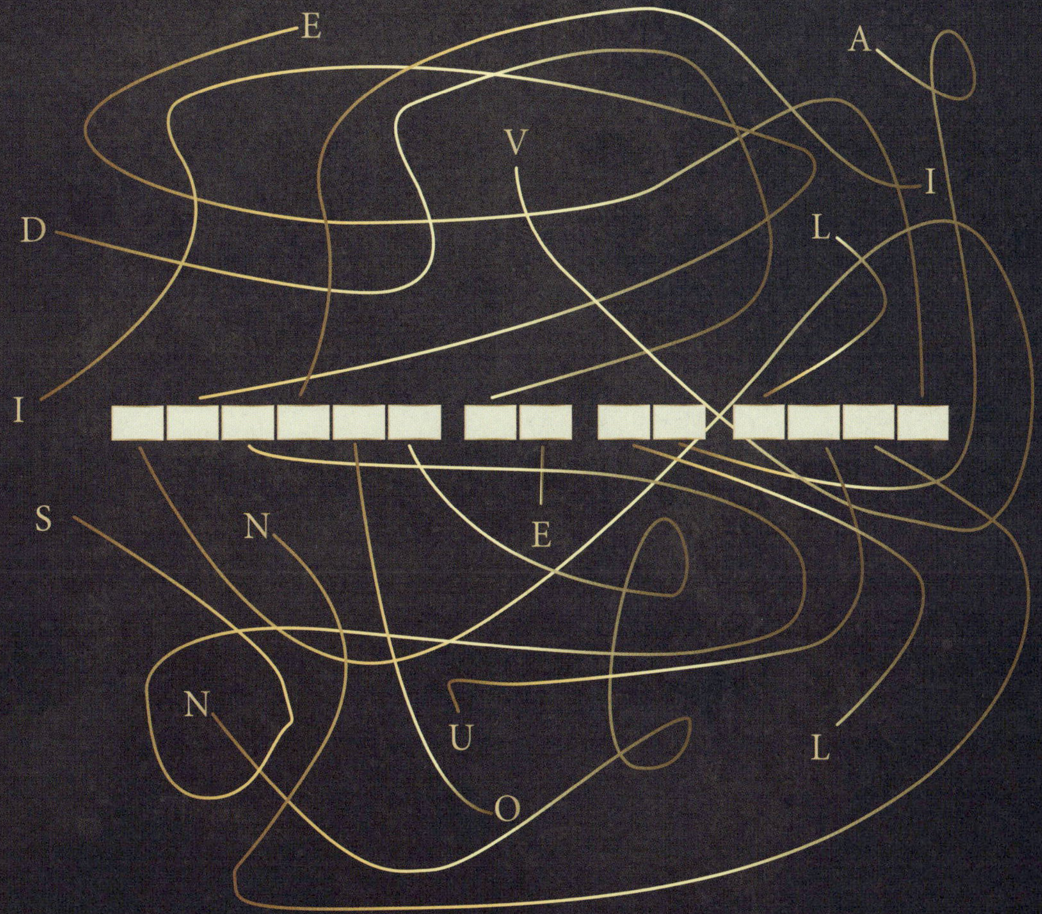

Tu expliques à Eressëa ce qu'est la vision de la Lune et ce que tu as vu. Cette fois, tu n'oublies pas de mentionner qu'Elbereth possède également ce pouvoir et qu'elle a entendu votre plan d'attaque.

— Elle sait. Elle connaît nos alliés et nos intentions, termines-tu en cachant ton visage dans tes mains.

— Tu n'as pas à t'en vouloir, d'autant qu'il n'est pas trop tard pour changer nos plans ! te rassure Eressëa. Et tu as toi aussi récupéré des informations essentielles. Je ne sais pas qui sont ces hommes avec elle, mais ils semblent nous connaître. Des elfes d'Alfar nous ont peut-être trahis. Je vais envoyer un message au roi et à la reine. Je suis désolée Elenwël, mais je ne peux plus te laisser participer à nos réunions, c'est trop dangereux. Profite de ces moments de calme pour utiliser ta vision et essayer d'en savoir plus sur les intentions d'Elbereth. Tu es peut-être l'atout qui manquait à notre jeu.

Durant la nuit qui suit, tu retournes sur le balcon où Thalion et toi aviez discuté et tu essayes de visualiser l'elfe noire.

ÉNIGME N° 41

Pour concentrer tout ton pouvoir, trouve la lettre qui manque à chacune de ces grilles et forme ainsi un mot de quatre lettres.

S		B		E
	O	A	D	
D	U		E	S
	A	N	G	
L		I		E

D		P		E
	O	A	L	
T	O		R	S
	E	S	C	
S		E		E

A		N		E
	B	O	T	
F	U		T	E
	O	R	M	
B		E		E

E		V		E
	N	O	R	
L	U		T	E
	U	E	R	
O		S		E

Tu parviens finalement à avoir une nouvelle vision : un bâton au bout duquel se trouve une sorte de boule. Tu ne vois malheureusement rien d'autre, mais dès son réveil, tu informes Eressëa de cette découverte. L'elfe t'explique que les sorciers du sud portaient ce genre de bâton.

— Depuis que les elfes ont remporté l'Ancienne guerre, personne n'a plus jamais entendu parler de ces sorciers, dit-elle d'un air soucieux. Merci, Elenwël. Reprenons à présent la route.

Vous grimpez dans les barques fournies par les elfes des cascades après leur avoir fait vos adieux. Laurelin, Athelleen et Thalion, te demandent si tout va bien. Tu rassures tes amis en prétextant avoir simplement besoin de repos.

Le lendemain, vous devez traverser des rapides. Laurelin te demande de bien repérer les rochers pour éviter tout accident.

ÉNIGME N° 42

Chaque chiffre indique le nombre de rochers qui se trouvent autour de lui, même en diagonale. En sachant que les cases chiffrées ne peuvent pas en contenir, repère les 12 rochers cachés.

	1	0		1		1		1	0
1	2							2	
						0	1		
		3	1	0		2		2	
				1					1
2	2					1		2	
	1	1				0		1	

Chapitre 6

Le royaume du Lac noir

Avant votre départ, la reine Myriad vous a expliqué que, pour rejoindre le royaume de Mormegil, il vous faudra traverser le Lac noir. Un étrange peuple vit au fond de celui-ci, et il pourrait être un allié d'Elbereth.

Le soir, alors que vous débouchez enfin sur le fameux lac, Eressëa vous propose de passer quelques nuits sur ses rives. Par précaution, vous montez la garde deux par deux. La deuxième nuit, tu te retrouves avec Thalion. Il te propose de monter la garde seul pour que tu puisses te reposer. Tu acceptes et t'éloignes un peu pour essayer d'avoir une nouvelle vision. Tu te concentres sur les bruits de la nuit.

ÉNIGME N° 43

Complète cette grille pour que chaque symbole n'apparaisse qu'une fois dans chaque ligne, chaque colonne et chaque rectangle de 6 cases.

Les sons alentour s'évaporent peu à peu, laissant place à un bruit de métal que l'on frappe. Tu vois des ombres, du feu. On dirait une forge. Des hommes et des elfes de tous âges sont en train de fabriquer des épées. Ils sont des centaines. Ils s'arrêtent soudain pour lever les yeux vers toi. Tu remarques alors Elbereth à tes côtés, ainsi que deux vieillards appuyés sur des bâtons.

— Elenwël ?

Malgré tes yeux ouverts et la lumière de la lune presque pleine, tu mets un moment avant de voir Thalion devant toi. Il te demande une nouvelle fois si tout va bien. Tu le rassures. Il s'assoit à tes côtés, son épaule contre la tienne. Tu es un peu gênée par cette proximité, mais il ne semble pas le remarquer. Aucun de vous ne parle.

Tu te réveilles quelques heures plus tard. Tu t'étais endormie contre l'épaule de Thalion, qui a encore sa tête posée contre la tienne. Un peu plus loin, tu vois qu'Eressëa monte la garde avec Tinuviel. Tu quittes Thalion avec précaution et tu t'approches discrètement des deux elfes, qui sont en pleine discussion.

ÉNIGME N° 44

Tu n'entends que des bribes de la conversation. Complète ces phrases avec les mots ci-dessous pour mieux comprendre.

« J'aimerais que tu ________________ avec elle,

__________________ . ________________ a l'air

de bien ________________________

avec ____________________. Pourquoi pas toi ?

Nous ____________________plus __________________

si notre groupe était plus en ________________. »

discutes

serions

Tinuviel

Thalion

efficaces

Elenwël

harmonie

s'entendre

Thalion arrive derrière toi sans prévenir, ce qui te fait sursauter. Heureusement, il a le réflexe de mettre sa main devant ta bouche. Il sourit d'un air moqueur et te glisse à l'oreille :

— Alors, l'apprentie espionne ? Tu apprends des choses intéressantes ?

Eressëa regarde dans votre direction. Thalion te pousse dans l'herbe et se jette à plat ventre à côté de toi. Puis il te regarde en riant. Tu réponds discrètement à son rire, tout en lui donnant un coup sur le bras. Elle a failli vous voir à cause de lui !

Vous vous éloignez un peu et passez le reste de la nuit à discuter. À l'aube, vous sortez enfin de votre cachette pour rejoindre le reste du groupe.

Eressëa vous informe que vous allez traverser le lac aujourd'hui, car elle n'a rien remarqué de suspect. Vous devrez cependant faire le moins de bruit possible pour ne pas attirer l'attention. Elle explique ensuite qu'elle va changer l'organisation des bateaux.

ÉNIGME N° 45

Place logiquement chaque membre de votre groupe dans chaque barque.

- Les deux elfes du brasier sont dans la même barque.
- Tu n'es pas dans la barque n° 1 et tu n'es pas avec Othar.
- Eressëa n'est pas avec Laurelin ni avec l'elfe sans pouvoir, qui est dans la barque n° 2.
- Thalion est dans la même barque que Tinuviel.
- L'elfe lumineuse est avec un elfe du souffle dans la barque n° 3.
- Il y a une barque de trois personnes et deux barques de deux personnes.

Laurelin

Thalion

Tinuviel

Atheleen

Elenwël

Othar

Eressëa

1

2

3

Tu suspectes Eressëa d'avoir fait exprès de te mettre avec Thalion et Tinuviel. Serait-ce pour que l'elfe sans pouvoir ne puisse plus t'éviter ? Cette cohabitation est un peu gênante au début, jusqu'à ce que l'elfe de la pluie se charge de faire la conversation. Il est si bruyant qu'Eressëa lui fait signe de se taire depuis sa barque. Thalion s'exécute tout de suite, l'air penaud. Cette attitude te fait rire et Tinuviel te sourit. Elle est plus engageante que d'habitude et tu te promets de lui parler le soir-même.

Vos trois barques se suivent en file indienne et vous progressez doucement vers le nord. De grandes montagnes noires commencent à apparaître à l'horizon. Votre barque se retrouve bientôt en tête et Thalion te charge de surveiller le cap.

ÉNIGME N° 46

Observe attentivement cette boussole et lis une lettre sur deux en partant du nord pour y découvrir le nom de votre prochaine destination.

I l fait presque nuit quand tu aperçois une grande tour, qui semble posée sur l'eau. Eressëa vous fait signe de vous approcher de sa barque, puis elle vous explique que cette tour marque l'entrée du royaume de Mormegil.

— Vous devez absolument être silencieux à partir de maint...

Eressëa n'a pas le temps de finir sa phrase qu'une créature sort de l'eau derrière elle et la fait basculer dans le sombre lac ! Vous apercevez alors de nombreuses créatures autour de vous. Leur peau est colorée et elles portent toutes des écailles. L'une d'elles se jette sur toi. Tu n'as pas le temps de réagir et tu tombes à l'eau. La créature t'entraîne dans les profondeurs. Elle te tient fermement, tu ne peux pas t'échapper. Tu vois Thalion sauter dans l'eau, puis Laurelin, mais ils sont vite capturés à leur tour.

Tu n'as bientôt plus d'air... Votre voyage va-t-il vraiment s'arrêter ici ? Non ! Le royaume d'Alfar compte sur vous. Tu dois utiliser ton pouvoir, et vite !

ÉNIGME N° 47

Concentre-toi pour geler les nageoires de la créature afin qu'elle ne puisse plus bouger.

Pour cela, observe attentivement ces images et trouve la seule qui corresponde parfaitement au modèle.

A

B

C

D

La créature te lâche avant que tu aies réussi à geler entièrement ses nageoires et tu la vois enfin en entier. C'est une sirène ! Elle te regarde droit dans les yeux et te montre quelque chose au loin. Tu vois alors les autres sirènes emmener tes amis vers une bulle d'air sous l'eau. Peut-être veut-elle simplement t'y conduire pour que tu puisses respirer ? Tu hoches donc la tête et la sirène te reprend le bras pour te guider aussi vite que possible jusqu'à la bulle d'air.

À peine y es-tu entrée que tes amis sortent leurs armes. Eressëa leur dit de ne plus bouger et s'avance vers les sirènes, restées un peu en retrait. La cheffe des armées essaie de leur expliquer qui vous êtes, mais les créatures ne semblent pas comprendre.

ÉNIGME N° 48

Décode ce message pour que les sirènes vous comprennent. Tu dois déplacer les lettres d'un rang dans l'alphabet. À toi de trouver dans quel sens !

MNTR RNLLDR UDMTR DM ZLHR.

Les sirènes, toujours sur la défensive, vous jaugent du regard tout en restant à bonne distance. Leur reine arrive enfin. Heureusement, elle parle votre langue.

— Que faites-vous ici ? Vous êtes des espions de la reine elfe ?

Othar fait un pas en avant pour lui répondre :

— Je suis le conseiller Othar, et voici Eressëa. Notre compagnie souhaite simplement traverser le lac. Nous ne voulions pas vous importuner.

— Et vous voulez que je vous laisse retourner dans votre royaume bien sagement ? Alors même que votre reine a tué nombre de sirènes ? C'est hors de question. Enfermez-les !

Sans vous laisser le temps de réagir, les sirènes se jettent sur vous. Eressëa vous crie de ne pas utiliser vos pouvoirs et de vous laisser faire. Tu obéis et tu te retrouves seule dans une petite cellule.

Au bout d'un moment, tu te dis que tu pourrais peut-être créer une petite clé de glace pour ouvrir ta cellule.

ÉNIGME N° 49

Tu fais plusieurs tentatives mais les clés ne sont jamais à la bonne taille ou de la bonne forme. Trouve vite la seule clé qui peut ouvrir la serrure.

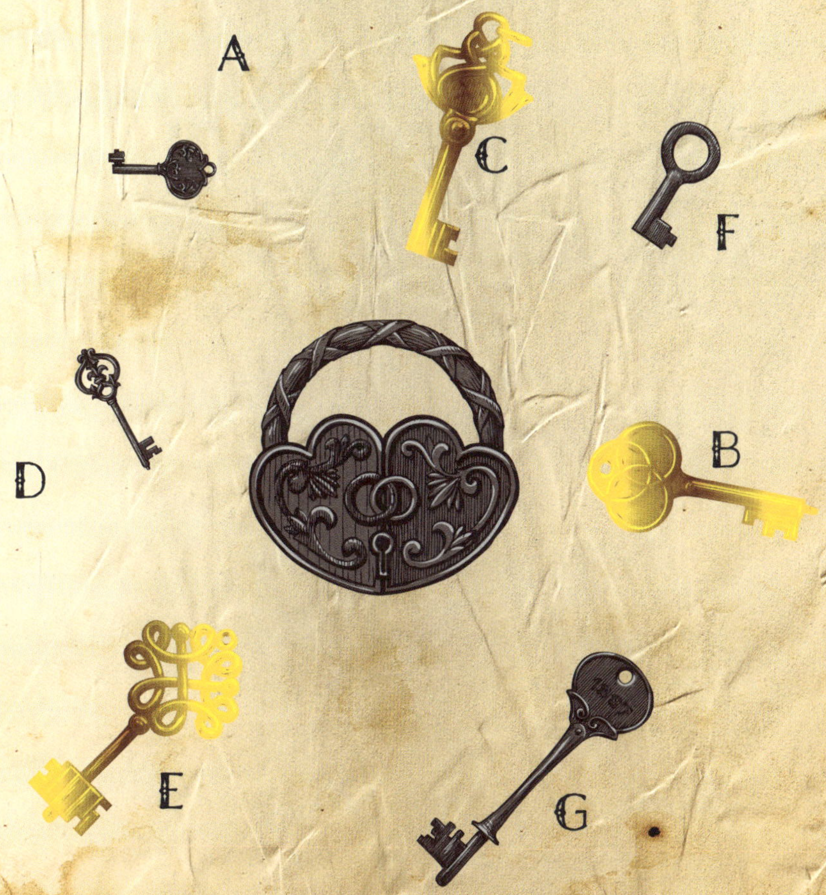

Malheureusement, ta glace n'est pas assez solide et la clé se casse quand tu la tournes dans la serrure. Tu entends soudain un soupir tout près. Tu demandes qui est là, pleine d'espoir. Tinuviel te répond. Contre toute attente, elle se met à te parler :

— Elenwël... Je tenais à m'excuser. Je sais que Thalion connaît mon histoire, et je suis à peu près sûre qu'il t'a tout raconté. Mais ça n'excuse pas tout. Je me suis mal comportée avec toi, par jalousie sans doute... Car toi... tu as pu garder ton arbre.

— Tu n'es pas une sans pouvoir Tinuviel. Tu es une elfe de la nuit.

Tu répètes à Tinuviel tout ce que t'a raconté la Première conseillère. Elle t'écoute en silence. Quand tu as terminé, elle t'avoue tout ce qu'elle ressent depuis que son arbre a été détruit. Une sensation de froid, des problèmes pour dormir les soirs de pleine lune... Tu ouvres grand les yeux.

— Tu ressens exactement les mêmes choses que moi, Tinuviel !

Tu essaies alors de te souvenir des premiers conseils que Dame Manithil t'a donné pour utiliser tes pouvoirs, puis tu expliques à Tinuviel comment se concentrer pour créer de la glace. Au bout d'un long moment, tu entends la jeune elfe pleurer.

— Elenwël... j'ai... Non, ce n'est pas possible... Il neige !

Tu n'as pas le temps de réagir qu'Athelleen arrive en courant.

— Ah ! Vous voilà enfin !

Elle ouvre les portes de vos cellules en faisant fondre les serrures. Elle vous presse de la suivre et vous raconte ce qu'il s'est passé en chemin :

— Le conseiller Othar a réussi à obtenir une audience avec la reine. Elle accepte de nous laisser repartir, à condition qu'Othar reste à ses côtés pour prouver notre bonne foi. Le temps presse, Elbereth sait peut-être déjà où nous sommes.

Vous arrivez auprès de Thalion qui vous regarde, Tinuviel et toi, d'un air suspicieux.

— Ça semble s'être arrangé entre vous deux !

Tu n'as pas le temps de répondre car tu te sens partir à nouveau. Encore une vision. Elbereth ne doit surtout pas savoir que vous êtes là !

ÉNIGME N° 50

Pour empêcher Elbereth de vous voir, concentre-toi sur tes amis. Place une croix à côté de chacun, à l'horizontale ou à la verticale, mais pas en diagonale. Les chiffres indiqués en haut et à gauche de la grille te donnent le nombre de croix présentes sur chaque ligne et chaque colonne. À la fin, il doit y avoir autant d'elfes que de croix.

Tu penses avoir réussi à cacher la vérité à Elbereth. Tu n'as eu toi-même qu'une très courte vision de son armée en train de marcher vers le royaume d'Alfar. Tu cherches Eressëa des yeux, qui t'emmène à l'écart.

— Ça ne fait plus aucun doute, des sorciers du sud sont avec Elbereth. Nous devons remonter à la surface au plus vite pour que je puisse envoyer des messages à Alfar et nos alliés. La guerre est déjà là.

Cette fois les membres de votre groupe voient bien qu'Eressëa et toi leur cachez quelque chose. La cheffe des armées leur demande de vous faire confiance. La reine vous explique ensuite que pour remonter rapidement à la surface, vous n'avez qu'à vous accrocher à des ballons remplis d'air.

ÉNIGME N° 51

Pour savoir dans quelle direction vous devez aller une fois à la surface, classe ces ballons d'une certaine manière.

Chapitre 7

Le château de l'elfe noire

Vous remontez tous à la surface sauf Othar, resté dans le royaume des sirènes. Il fait nuit. Vos barques sont heureusement toujours là. Tu te retrouves avec Athelleen, qui en profite pour t'expliquer pourquoi elle ne fait pas confiance à Thalion.

— Je l'ai surpris en train de discuter avec une sorte d'ombre, juste avant d'arriver au royaume des elfes des bois. J'ai entendu qu'il parlait de la présence de deux elfes de la nuit. L'ombre a vite disparu, mais fais attention.

Les paroles de ton amie te surprennent beaucoup, mais tu comprends mieux son attitude désormais. Tu connais finalement peu de choses sur Thalion. Et s'il te cachait quelque chose ?

Vous naviguez quelques heures avant d'atteindre un rempart, posé à même l'eau du Lac noir. Voici l'entrée du royaume de Mormegil. Vous devez rester discrets, à présent.

ÉNIGME N° 52

Utilise ton pouvoir pour faire tomber de la neige afin de cacher vos barques. Pour cela, trouve tous les mots de la liste dans cette grille.

N	I	C	E	T	O	I	L	E	S	S	X	U	L
M	R	O	N	F	W	X	R	S	A	I	I	Y	I
C	O	M	P	U	L	G	E	L	E	X	R	C	R
C	Y	P	A	I	I	O	A	S	W	W	E	N	E
N	A	A	U	T	U	T	C	H	P	V	G	Z	K
M	U	G	G	B	E	S	X	O	D	J	I	D	Q
O	M	N	Q	L	S	M	E	E	N	Z	E	E	D
S	E	I	H	D	A	Y	P	R	M	S	N	K	F
U	C	E	M	J	H	C	C	E	C	U	F	W	R
Z	Q	L	F	Y	Z	T	E	W	T	S	R	P	O
B	R	O	U	I	L	L	A	R	D	E	I	B	I
Y	M	E	G	B	L	I	Z	Z	A	R	D	S	D
D	M	O	R	M	E	G	I	L	V	E	N	U	L
M	D	S	C	U	S	X	W	I	L	T	U	B	B

BLIZZARD BROUILLARD BRUME COMPAGNIE
ÉTOILES FLOCONS FROID GELÉ GLACE LUNE
MORMEGIL NEIGE NUIT ROYAUME TEMPÊTE

Vous débarquez sur un petit ponton qui mène à une grande grille. Celle-ci est verrouillée mais ce n'est pas un problème pour Athelleen et Eressëa, qui parviennent à faire fondre l'acier de la serrure. Vous devez trouver des informations sur l'armée d'Elbereth et les envoyer aussi vite que possible à Alfar, avant de rejoindre vous-mêmes le champ de bataille. Comme deux escaliers partent dans des directions opposées, Eressëa propose de vous séparer en deux groupes. Tu prends l'escalier de droite avec elle et Tinuviel, tandis que Laurelin part à gauche avec Thalion et Athelleen.

En haut des escaliers, vous arpentez plusieurs couloirs mais ne trouvez rien d'intéressant. Il n'y a pas un seul garde. Tu supposes qu'ils sont déjà tous partis au combat, mais vous entendez soudain un bruit assourdissant, suivi d'un cri. Le visage d'Eressëa se décompose. Elle a reconnu la voix de Laurelin. Sans même regarder si vous la suivez, elle part en courant dans la direction du cri. Tinuviel et toi vous jetez un coup d'œil inquiet avant de la suivre.

ÉNIGME N° 53

Choisis vite les bons couloirs avant de perdre Eressëa ! Pour cela, traverse la grille en suivant toujours cette suite de trois symboles.

Lorsque vous rejoignez enfin Eressëa, elle est assise par terre, la tête inerte de Laurelin posée sur ses genoux. La cheffe des armées est en pleurs. Elle hurle de tristesse et de colère. Mais le reste de la scène est tout aussi troublant. Athelleen se tient entre Eressëa et vos ennemis, une boule de feu dans une main et son épée dans l'autre. Parmi les quatre personnes qui lui font face se trouvent Elbereth, que tu reconnais tout de suite, ainsi que les deux sorciers de tes visions, l'un habillé en noir et l'autre en blanc. Tu aperçois aussi Thalion, qui te jette un regard rempli de tristesse avant de détourner les yeux.

Tu ne comprends plus rien, mais Athelleen, rouge de colère, vocifère :

— Il nous a trahis ! Il était avec eux depuis le début !

Thalion fuit toujours ton regard. Il n'a pas l'air bien méchant, à moitié caché derrière les deux sorciers, mais il est pourtant bien de leur côté. Tinuviel est aussi choquée que toi. De son côté, Elbereth n'a d'yeux que pour vous deux. Elle a un grand sourire aux lèvres.

— Voici donc mes sœurs. Tu as été encore plus efficace que prévu, Thalion. Deux pour le prix d'une, c'est plus que je n'espérais ! dit-elle sans lâcher Tinuviel et toi du regard.

Tu sens soudain de l'humidité sur ton bras. Un message en elfique y apparaît sous forme de gouttes de pluie.

ÉNIGME N° 54

Décode vite le message de Thalion pour découvrir ce qu'il cherche à te dire.

A	C	D	E	I	L	M
q	đ	d	h	ʔ	ʌ	ƨ

N	P	R	S	T	U
u	~	ɦ	cq	m	ƴ

ʔʌcq ƨhuqđqʔhum dh mƴhɦ ƨhcq
~qɦhumcq

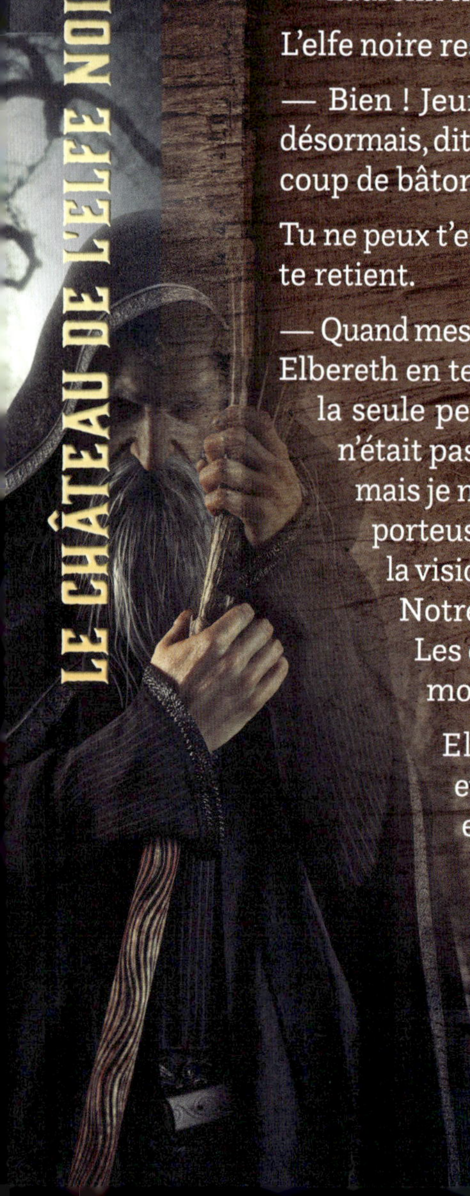

Tu relèves la tête vers Thalion, qui te supplie du regard. Tu ne sais plus quoi penser. Tu vois qu'Athelleen est en mauvaise posture. Tu la rejoins donc pour protéger Eressëa, qui ne fait pas du tout attention à ce qui l'entoure. Athelleen souffle entre ses dents serrées :

— Laurelin n'a rien pu faire. Elbereth l'a tuée d'un seul coup.

L'elfe noire reste silencieuse en continuant de vous observer.

— Bien ! Jeune homme, nous n'avons plus besoin de vous, désormais, dit le sorcier habillé en blanc en assenant un violent coup de bâton sur la tête de Thalion qui tombe au sol.

Tu ne peux t'empêcher de faire un pas vers lui mais Athelleen te retient.

— Quand mes pères sorciers m'ont parlé de Tinuviel, commence Elbereth en te regardant, je n'ai pas mis longtemps à trouver la seule personne à qui elle semblait faire confiance. Ce n'était pas difficile d'amadouer un simple elfe de la pluie, mais je ne m'attendais pas à ce qu'il ramène une seconde porteuse du pouvoir de la nuit... Possédant, qui plus est, la vision de la Lune. Vous n'êtes plus seules, mes sœurs. Notre vengeance contre les elfes d'Alfar est proche. Les elfes de la nuit gouverneront bientôt le nouveau monde que nous allons créer ensemble.

Elbereth te regarde encore plus fixement et tu sens tes yeux se voiler une nouvelle fois. Elle est en train de t'imposer une vision.

ÉNIGME N° 55

Pour l'éloigner, concentre-toi sur les battements de ton cœur en complétant le tableau ci-dessous.

1 ~~2~~ ~~3~~ ~~4~~ ~~5~~ 6 7 8 9

		3	16
4		2	15
	5		14
18	21	6	16

Malgré tous tes efforts, Elbereth te montre des elfes en train de couper des arbres aux feuilles violettes, de les brûler, puis de tuer les elfes de la nuit qui essayaient de les en empêcher. Tu subis ces visions cauchemardesques un temps, avant de parvenir à repousser les pouvoirs d'Elbereth et à voir son passé : tu aperçois les graines d'arbres de la nuit, son frère Aeglos, Dame Manithil... Tu vois Elbereth en colère après la mort d'Aeglos, prête à exploser, puis les deux sorciers lui apprendre à se contenir pour mieux se venger.

Tu reviens enfin à toi. Tu remarques que Tinuviel est en train de crier et de pleurer. Elbereth s'est sûrement attaquée à elle juste après toi pour lui donner l'envie de se venger, pour la transformer en elfe noire, elle aussi. Il en est hors de question ! Tu ne t'es jamais sentie aussi puissante. Tu te redresses pour regarder fixement le sorcier vêtu de blanc. Tu as besoin d'en savoir plus. Tu as besoin de comprendre.

ÉNIGME N° 56

Peu à peu, une vision du passé du sorcier arrive sous tes yeux. Décode-la vite pour découvrir la vérité.

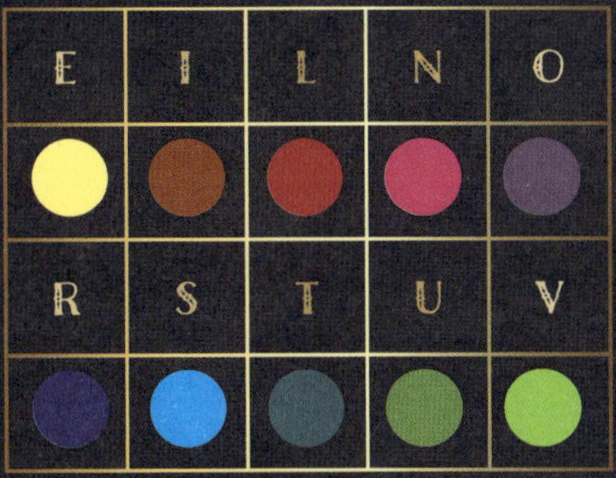

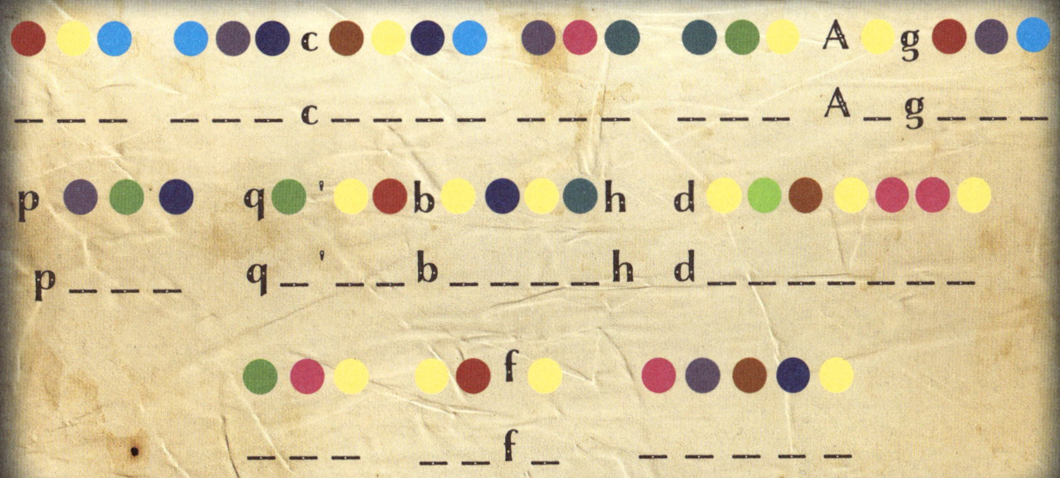

Le sorcier a réussi à t'éjecter de son esprit, mais c'est trop tard, tu as tout vu. Il a perdu son air confiant et, sans réfléchir, il te lance une gerbe de feu avec son bâton. Heureusement, Athelleen a le réflexe de te pousser sur le côté. Elbereth arrête un instant de fixer Tinuviel pour se tourner vers le sorcier.

— Qu'est-ce qui vous prend ?

Le sorcier est embarrassé, il ne sait pas quoi répondre. Tu profites de son silence pour t'adresser directement à Elbereth, tout en remettant Tinuviel sur ses pieds.

— Ces sorciers n'ont pas été honnêtes avec vous ! Ce sont eux qui ont tué Aeg...

Une autre gerbe de feu t'empêche de terminer. Cette fois, Elbereth ne le laisse pas faire. D'un geste de la main, elle emprisonne le sorcier dans une épaisse couche de glace. L'autre vieillard essaie de défendre leur cause :

— Voyons Elbereth, n'écoutez pas cette enfant ! Montrez-lui pourquoi elle doit nous rejoindre !

L'elfe noire ne lui adresse pas un regard. Tu en profites pour continuer.

— Ils ont tué Aeglos pour se venger d'Alfar !

Le sorcier vêtu en noir est sur le point de t'attaquer à son tour pour te faire taire, mais Elbereth le place lui aussi sous un dôme de glace.

ÉNIGME N° 57

Pour convaincre Elbereth, replace chaque élément dans le bon ordre chronologique.

A. Les sorciers du sud aident Elbereth à lever une armée.

B. Elbereth tue le roi d'Alfar et s'enfuit avec les sorciers.

C. Alfar remporte l'Ancienne guerre. Les sorciers du sud sont vaincus.

D. Les elfes noirs apportent le chaos dans le royaume d'Alfar.

E. Manithil, Aeglos et Elbereth sèment des graines d'arbres de la nuit.

Elbereth s'avance vers Tinuviel et toi, impassible.

— Peu importe, dit-elle. Les elfes de la nuit ont été trop longtemps méprisés. Rejoignez-moi et nous montrerons à tous que notre pouvoir est fait pour gouverner.

À ce moment, Eressëa sort de sa torpeur. Elle rejoint Athelleen. Tu vois les deux elfes du brasier avancer doucement dans le dos d'Elbereth. Il te faut retenir l'attention de l'elfe noire.

— Et comment comptez-vous vous y prendre ? demandes-tu. À trois, nous n'irons pas très loin.

— J'ai toute une armée à ma disposition. Ces sorciers m'ont été bien utiles. Mes ombres avancent déjà vers Alfar.

Elbereth pousse soudain un cri de douleur. Les deux elfes du brasier viennent de chauffer la lame de l'épée d'Athelleen avant de l'enfoncer dans le dos de l'elfe noire. Mais Elbereth n'est pas vaincue. Elle retire la lame d'une main et se retourne vers les deux elfes. Tu dois agir, et vite !

ÉNIGME N° 58

Vise la partie la plus sensible du corps d'Elbereth en trouvant la seule roue qui n'a pas exactement les mêmes symboles qu'une autre.

Tu peux sentir la chaleur du corps d'Elbereth, le sang qui coule dans ses veines, son cœur qui bat. Tu concentres tes pouvoirs sur ce point vital pour le transir de froid. Elbereth tombe de tout son long, les yeux fermés, le cœur glacé. Elle n'est pas morte, mais elle devrait rester tranquille un moment.

Vous ne perdez pas de temps : Athelleen, Eressëa et toi attachez l'elfe noire, les deux sorciers et Thalion avant de déposer leurs corps évanouis dans deux barques. Les deux elfes du brasier déposent ensuite le corps de Laurelin dans la troisième. Vous restez un moment silencieuses, puis Eressëa se décide à la laisser partir. Elle pousse la barque et Laurelin disparaît bientôt dans la brume du lac.

Durant le trajet du retour, tu te préoccupes de Tinuviel. Elle n'a pas dit un mot depuis qu'Elbereth lui a envoyé ses horribles visions. Tu as peur que son cœur se soit obscurci comme celui d'Elbereth. Tandis qu'Athelleen rame lentement, tu essaies de pénétrer dans l'esprit de Tinuviel.

ÉNIGME N° 59

Pour entrer dans la mémoire de Tinuviel et trouver son meilleur souvenir, barre toutes les lettres qui apparaissent en triple et remets celles qui restent dans le bon ordre pour former un mot.

S U E O

N M L

L M A

A P G

P O A U

M I U L S

P S O E

Plusieurs semaines se sont écoulées depuis votre retour du royaume de Mormegil. Des elfes d'Alfar vous ont raconté la bataille. Les elfes des bois et le peuple des cascades ont répondu présents. Les ombres d'Elbereth, qui ne s'attendaient pas à avoir autant d'adversaires, se sont vite retrouvées encerclées et sans chefs pour les guider. Elles ont voulu s'enfuir vers le Lac noir, mais Othar et les sirènes les y attendaient et se sont chargés de les faire disparaître à jamais.

Avant d'être enfermés à Alfar sous bonne surveillance, les deux sorciers du sud ont avoué qu'ils avaient volé à Aeglos les graines des arbres de la nuit et qu'avec l'aide d'Elbereth, ils en ont semé une grande quantité dans le royaume de Mormegil afin de créer une armée d'elfes noirs. Une délégation, menée par Dame Manithil, est partie récupérer ces arbres pour les transplanter dans la Forêt aux cinq arbres, où ils pousseront parmi tous les autres.

Le roi Anario et la reine Celebrian ont enfermé Elbereth dans une cellule gelée, où elle va rester endormie jusqu'à ce qu'ils trouvent un moyen de retirer toute la noirceur de son cœur.

Tu n'as eu aucune nouvelle de Tinuviel et Thalion depuis votre retour. Tu sais juste qu'ils ont été raccompagnés chez eux par des gardes d'Alfar. Tu as repris ton quotidien, à deux détails près : tu passes un peu moins de temps avec Athelleen et Aldaron, qui vivent désormais ensemble dans une chaumière au fin fond de la Forêt aux cinq arbres, et tu es souvent aux côtés d'Eressëa, puisque tu as rejoint l'armée d'Alfar. L'elfe est encore très secouée par la mort de son amie Laurelin, mais elle remonte la pente petit à petit.

Tu es justement en patrouille près de l'une des frontières avec Eressëa, lorsque vous entendez des appels. Tinuviel arrive en courant dans votre direction. Elle vous explique qu'elle est en route pour le palais royal, où elle va commencer un apprentissage avec Dame Manithil pour apprendre à maîtriser le pouvoir de la nuit.

Elle n'est pas seule car tu aperçois Thalion au loin, à moitié caché derrière un arbre. Tu laisses Tinuviel et Eressëa à leurs retrouvailles. Le regard de Thalion est toujours aussi triste.

— Tu dois me détester... te dit-il en baissant la tête.

Tu te rends soudain compte à quel point il t'a manqué ! Tu ne réponds pas et te contentes de poser ta tête contre son épaule. Il t'embrasse sur le front avant de te prendre dans ses bras.

Tout en profitant de cette étreinte, tu te dis que ta vie à Alfar a bien changé depuis ton départ. Le temps où tu rêvais d'aventure, tout en veillant sur les fleurs de tes parents, est bien lointain. Tu as encore beaucoup de travail devant toi pour redonner toute sa légitimité au pouvoir de la nuit... Mais la bonne nouvelle, c'est que tu n'es plus seule.

ÉNIGME N° 1

ÉNIGME N° 2

Ce nom elfique signifie « esprit de lune ».

ÉNIGME N° 3

ÉNIGME N° 4

ÉNIGME N° 5

Tu dois te concentrer sur ton **ESPRIT.**

ÉNIGME N° 6

	2	1	2	0	3	0	3
1					■		
2		■			X		■
0							
4	■		■		■		■
0							
4	■		■		■		■

ÉNIGME N° 7

Sur le côté de la page de droite, on peut lire l'annotation manuscrite :
« Le pouvoir de la nuit est celui des elfes noirs. »

ÉNIGME N° 8

Il faut retirer 1 à la dizaine et 1 à l'unité.
La bonne réponse est 22.

ÉNIGME N° 9

ÉNIGME N° 10

Le royaume de Mormegil.

ÉNIGME N° 11

Elbereth signifie « l'étoile reine ».

ÉNIGME N° 12

C et V signifient "consonne" et "voyelle". Seul le mot **COURSE** correspond aux indications.
Le résultat du chemin jaune est 322 alors qu'il fallait obtenir 321.
Le résultat du chemin bleu est 325 alors qu'il fallait obtenir 323.
Le résultat du chemin blanc est bien 322, celui qu'il fallait obtenir.

ÉNIGME N° 13

Il s'agit d'un arc.

ÉNIGME N° 14

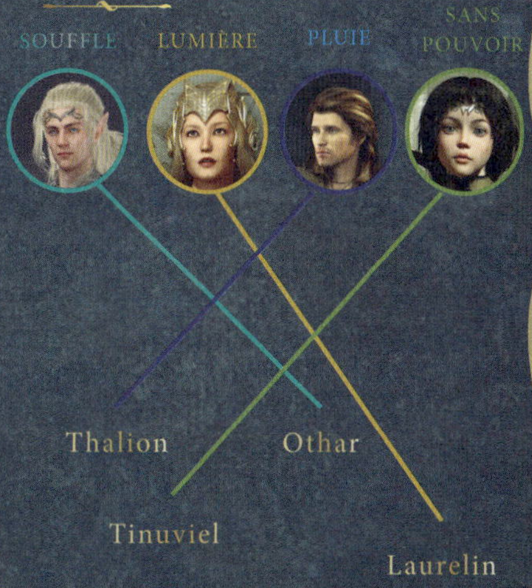

SOLUTIONS

ÉNIGME N° 15

ÉNIGME N° 16

5	3	4	2	7	6	9	1	8
6	2	8	1	9	5	3	4	7
1	7	9	3	4	8	5	6	2
8	5	2	7	6	1	4	9	3
4	9	6	8	5	3	7	2	1
7	1	3	9	2	4	8	5	6
9	6	1	5	3	7	2	8	4
2	8	7	4	1	9	6	3	5
3	4	5	6	8	2	1	7	9

ÉNIGME N° 17

ELFE	ARME	NOMBRE	MATIÈRE
ELENWËL	POIGNARD	2	FER
ATHELLEEN	ÉPÉE	1	ARGENT
TINUVIEL	FLÈCHE	10	OR
THALION	COUTEAU	5	OBSIDIENNE

ÉNIGME N° 18

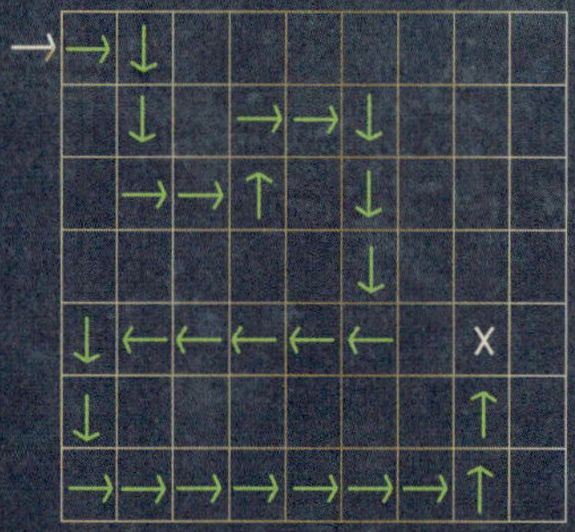

ÉNIGME N° 19

Comme expliqué dans ton livre, l'elfe noire semble être capable de t'observer alors qu'elle se trouve loin de toi. Tu penses donc qu'elle possède aussi le pouvoir de la nuit.

ÉNIGME N° 20

Il faut lire la première lettre du haut, puis la première du bas, puis la deuxième du haut, etc.

Tout a changé après « l'ancienne guerre ».

ÉNIGME N° 21

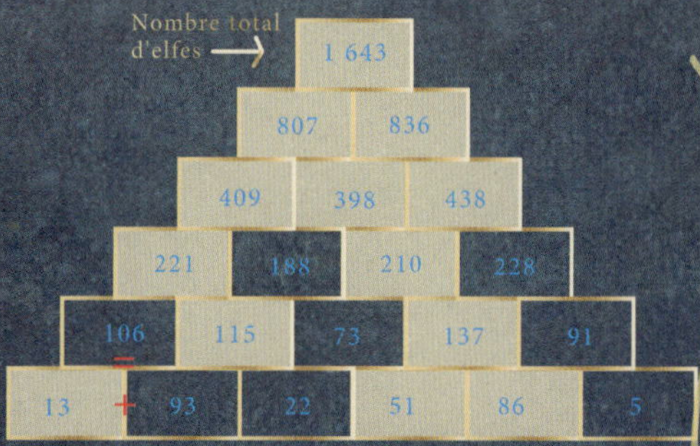

ÉNIGME N° 22

Le mot à trouver est ***TORTURE.***

ÉNIGME N° 23

Il faut choisir la « Forêt de mousse », dont la direction est indiquée par le dernier panneau. Thalion va donc dans la bonne direction.

ÉNIGME N° 24

Le message de Thalion dit :
« Ne t'inquiète pas, c'est son caractère. Essaie d'apprendre à la connaître. »

ÉNIGME N° 25

Les arbres D, G et H sont différents des autres.

ÉNIGME N° 26

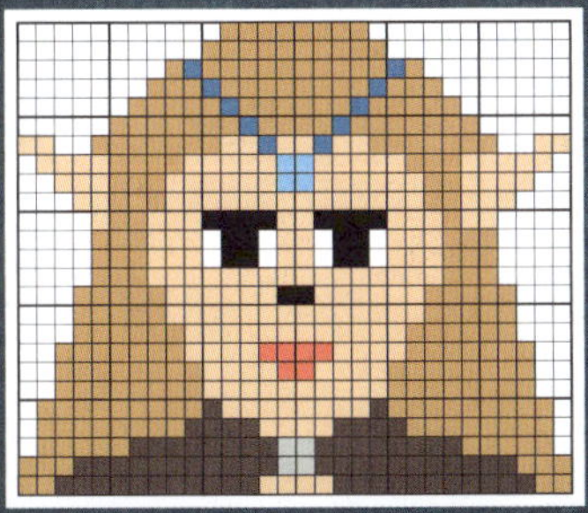

ÉNIGME N° 27

« Bienvenue, le peuple des bois va vous aider. »

B	I	E	N	V	E
N	U	E	,	L	E
P	E	U	P	L	E
D	E	S	B	O	I
S	V	A	V	O	U
S	A	I	D	E	R

ÉNIGME N° 28

Le chemin le plus court est le C.

ÉNIGME N° 29

Il y a 150 elfes de la forêt qui sont prêts à vous apporter leur aide.

25	42	38	=105
44	37	24	=105
36	26	43	=105
=105	=105	=105	=105

ÉNIGME N° 30

En jouant ces trois cartes, tu gagnes la partie : 9 + 9 + 7 = 25.

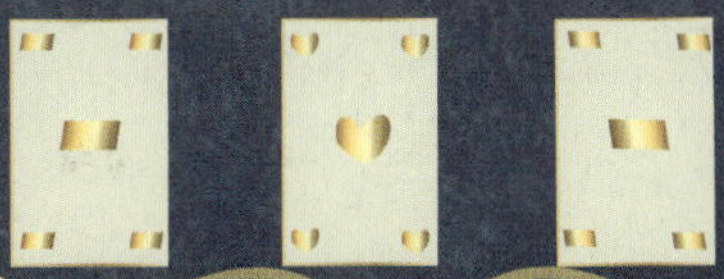

SOLUTIONS

ÉNIGME N° 31

Le détail D ne correspond pas à la scène.

ÉNIGME N° 32

« Thalion et moi voulions essayer une nouvelle technique en utilisant nos deux pouvoirs : il fait tomber de la pluie que je transforme en glace. »

ÉNIGME N° 33

ÉNIGME N° 35

Il vous faudra encore 4 h 30 min.
Le chemin mesure 18 cm, soit 18 kilomètres.
En reprenant la formule, 18 km ÷ 4 km/h = 4 h et 30min.

ÉNIGME N° 36

$5 \times 3 + 6 - 12 = 9$

$48 \div 6 + 3 - 9 = 2$

$24 \div 2 - 8 - 1 = 3$

TOTAL = 14

ÉNIGME N° 37

« Méfie-toi de lui.
Je ne lui fais pas confiance. »
Il fallait lire chaque mot à l'envers mais dans l'ordre pour comprendre.

ÉNIGME N° 38

ÉNIGME N° 39

Laurelin : « à droite » ; Thalion : « stop » ; Tinuviel : « à gauche » ; Athelleen : « avance ».

ÉNIGME N° 40

« Vision de la Lune ».

ÉNIGME N° 41

Les lettres manquantes forment le mot **NUIT**.

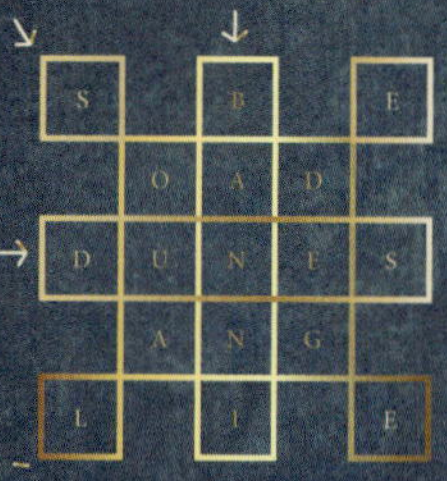

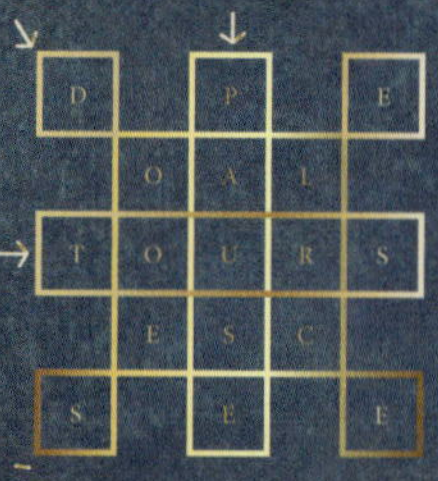

SOLUTIONS

A		N		E
	B	O	T	
F	U	I	T	E
	O	R	M	
B		E		E

E		V		E
	N	O	R	
L	U	T	T	E
	U	E	R	
O		S		E

ÉNIGME N° 42

×	1	0		1		1	×	1	0
1	2			×				2	
		×				0	1	×	
	×	3	1	0		2		2	
	×			1		×	×		1
2	2		×			1		2	×
×	1	1				0		1	

ÉNIGME N° 43

ÉNIGME N° 44

« J'aimerais que tu discutes avec elle, Tinuviel. Thalion a l'air de bien s'entendre avec Elenwël. Pourquoi pas toi ? Nous serions plus efficaces si notre groupe était plus en harmonie. »

ÉNIGME N° 45

Barque n°1 : Eressëa, Athelleen.
Barque n° 2 : Tinuviel, Thalion, Elenwël.
Barque n°3 : Laurelin, Othar.

ÉNIGME N° 46

La tour sombre.

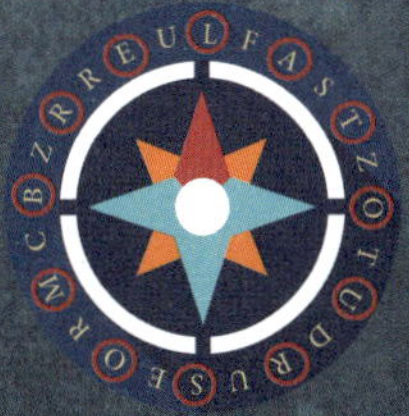

ÉNIGME N° 47

Seule l'image B correspond au modèle.

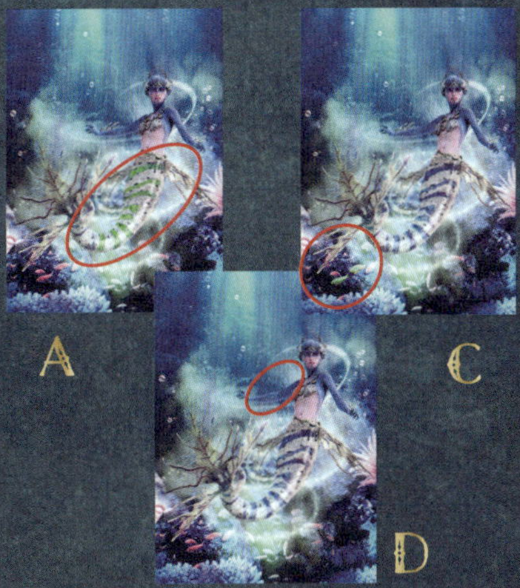

A C D

ÉNIGME N° 48

Nous sommes venus en amis.

SOLUTIONS

ÉNIGME N° 49

La clé F est la bonne.

ÉNIGME N° 50

ÉNIGME N° 51

Il faut classer les ballons du plus grand au plus petit. Ils vous indiquent d'aller « vers l'ouest ».

ÉNIGME N° 52

N	I	C	E	T	O	I	L	E	S	S	X	U	L
M	R	O	N	F	W	X	R	S	A	I	I	Y	I
C	O	M	P	U	L	G	E	L	E	X	R	C	R
C	Y	P	A	I	I	O	A	S	W	W	E	N	E
N	A	A	U	T	U	T	C	H	P	V	G	Z	K
M	U	G	G	B	E	S	X	O	D	J	I	D	Q
O	M	N	Q	L	S	M	E	E	N	Z	E	E	D
S	E	I	H	D	A	Y	P	R	M	S	N	K	F
U	C	E	M	J	H	C	C	E	C	U	F	W	R
Z	Q	L	F	Y	Z	T	E	W	T	S	R	P	O
B	R	O	U	I	L	L	A	R	D	E	I	B	I
Y	M	E	G	B	L	I	Z	Z	A	R	D	S	D
D	M	O	R	M	E	G	I	L	V	E	N	U	L
M	D	S	C	U	S	X	W	I	L	T	U	B	B

ÉNIGME N° 53

ÉNIGME N° 54

« Ils menaçaient de tuer mes parents. »

ÉNIGME N° 55

6	7	3	16
4	9	2	15
8	5	1	14
18	21	6	16

ÉNIGME N° 56

Les sorciers ont tué Aeglos pour qu'Elbereth devienne une elfe noire.

ÉNIGME N° 57

Le bon ordre est **C-D-E-B-A :**

1. Alfar remporte l'Ancienne guerre. Les sorciers du sud sont vaincus.
2. Les elfes noirs apportent le chaos dans le royaume d'Alfar.
3. Manithil, Aeglos et Elbereth sèment des graines d'arbres de la nuit.
4. Elbereth tue le roi d'Alfar et s'enfuit avec les sorciers.
5. Les sorciers du sud aident Elbereth à lever une armée.

ÉNIGME N° 58

La roue intruse est la B.

ÉNIGME N° 59

Le meilleur souvenir de Tinuviel est la **NEIGE.**

Achevé d'imprimer en Espagne chez Graficas Estella
Dépôt légal : mars 2021. 327776/01
N° de projet : 11046219 – mars 2021

PAPIER À BASE DE FIBRES CERTIFIÉES

LAROUSSE s'engage pour l'environnement en réduisant l'empreinte carbone de ses livres. Celle de cet exemplaire est de : 2 kg éq. CO_2
Rendez-vous sur www.larousse-durable.fr